隣の女のおかげで
いつの間にか
大学生活が
楽しくなっていた
Epanterias
エパンテリアス
ill.パルプピロシ
Piroshi Pulp

「ここ、空いてますよね。よかったら座らせてくれませんか？」
隣にそっと彼女が座ると、ふわっと彼女から甘い匂いが漂ってくる。
伊藤奈月
Natsuki Itou
大講義室で健斗の隣の席に座った美女。健斗の前では明るく感情豊かに振る舞っているが、実は繊細な性格をしている。何故か健斗に積極的なアプローチを仕掛けてる。

「あ、あの……佐々木さんでしょうか……？」
第一印象はかなりおとなしめな女の子といった感じ。
あいつもかなりの美人だが、負けず劣らず美人だ。
神崎夏帆
Kaho Kanzaki
実習で健斗とペアになった美女。内気な性格で言葉数があまり多くなく、近づいてくる男性に対しての警戒心は強いが、健斗のことは信頼している。

contents

隣の女のおかげでいつの間にか大学生活が楽しくなっていた

エパンテリアス

角川スニーカー文庫

22067

口絵・本文イラスト　パルプピロシ
口絵・本文デザイン　たにごめかぶと（ムシカゴグラフィクス）

プロローグ　常にボッチの男に訪れた変化

四月。それはいろんな人たちが新たなスタートを切る季節。

進学、就職など大きな出来事のスタートを切る人間もいれば、学年が変わるというだけだが新たに難しい勉強や活動が求められたり、仕事の経験年数を一つ重ねたことで後輩が出来て責任がより一層増したりする人間もいるだろう。数字や言葉などのはっきりとしたものがなくてもどんな人も小さな一歩だとしても何らかのスタートを切るであろう。

そして、ここにも一人その小さなスタートを切る男がいる。

「また今日から講義やら実習やらしないといけないのかぁ……」

佐々木健斗《ささきけんと》。この四月から大学三年生になる20歳の男。今まで彼女はいたことがない。

それどころか、大学に入ってまともな友達すら一人もいない。

大学に通っている人は知っていると思うが、大学というものは本当に自由である。講義を受けて実習を受けて単位さえ取ればあとは遊ぼうが何をしようが自由。

高校までのようにクラスがあって、クラスごとの拘束なんてものはない。学校が決めた組み合わせの人と一緒に行動することだって実習を行う数時間だけしかない。

大学生にもなれば公私のメリハリもつき始めるので、高校までみたいに何か一緒にやっていてその流れで友達、恋人なんて甘い話で。

自分から話しかけに行ったり、サークルに参加したりコミュ力を爆発させないと大学での楽しくて甘いライフなど過ごせるはずもない。

そして俺はそんな生活をしようとも思っていないので、自然とボッチになって大学に通い始めて三年目になるというのにまともに話す相手はいない。

一人でいる、ということは俺にとって非常に心地の好《よ》いものであった。

周りの大学生は、サークルだの合コンだのチャラい男や女がどうだこうだに加えて平然と性的なお話までしている。しかもその性的なお話に関しては女の方がよく話している場合も普通にある。

俺はピュアピュアなので、そのような話を聞くと耳をふさいで聞こえないようにしている。

「おい……誰だよ。いつも俺の座っている席に荷物だけおいて占拠したやつは」

大学の講義というものは、教室の中の席であれば自由席。どこに座っても何も言われない。

しかしながら、ほとんどが留年せずに一緒に進級していくので、みんなが座って落ち着く位置というものが進級して教室などが変わっても大体決まっているのでそんなに変わらないものだが、たまに空気の読めないやつがいる。

そういうのは留年したバカップルやチャラチャラしたやつ（個人の偏見です）とかが、陣取ってくるんだよな。

こうなるとボッチの俺には人権などないので、空いている席に適当に移動して座るしかない。

俺はきょろきょろとあたりを見回して、空いている席を探した。

基本的には今、座って落ち着いている生徒さんから何人分か空けた席に座らないとあとからその生徒さんのお友達が来て、その人の席に座ってたりでもしたら空気がやばい。もれなく俺の心もやばい。

しばらく探していると、後ろのほうでかなりごっそりと空いている席を見つけたので、隣に荷物を置いて座り込んだ。

ちなみに荷物を隣の席に置くのは、隣に座らないでという俺の無言のサインである。あまりマナーがよくないので皆さんはやめましょう。

当然俺も席が混んでいる時はしないが、今は空いているので問題ないだろう。

俺はカバンから配布された今からの講義で使うテキストと筆記用具を取り出す。

そんな時に俺の座っている席のラインがたくさん空いているにもかかわらず、俺のカバンを置いた反対側の隣の席に座るものがいる。嫌がらせだとしか思えない。

こんな陰湿な嫌がらせをするやつは一体どんなやつだと俺は顔を上げてその憎きやつの顔を見た。

「ここ、空いてますよね。私の普段座っている席、なんか見たことない人に座られちゃって。よかったらここに座らせてくれませんか？」

そこにいたのは、黒色の長い髪をストレートに伸ばし、目は茶色のあまりにも美しい女性だった。

「あ、ああどうぞ……。全然空いてますので」

「どーも」

その女性の美しさに押し込まれた俺はそのまま彼女が隣に座ることを許してしまった。

隣にそっと彼女が座ると、ふわっと彼女から甘い匂いが漂ってくる。

って、いかんいかん。この人はただ単に俺の隣に座っただけ。特に俺との接点などないのだ。

いつまでも彼女に見惚《みと》れていたら、気持ち悪がられてしまう。ただでさえ、常に一人でいるので陰気キャラみたいに見られているのに、さらに悪評なんてきつい。

でもこの人、なんでわざわざ俺の隣に座ったんだ？　まさかこの人のお友達がこの後にわらわら来たりしないだろうな⁉

そうなったら控えめに言って地獄だ。長机一列に座っている人が男子一人に残り全員女子とかその男子めっちゃきもくて泣ける。

多分、大学通っている人ならなんとなく分かってもらえそう。高校までみたいに席替えくじ引き事故ったのとは話が違うのだ。

「あ、あの……。これからあなたのお友達とか来ますかね？　来るのでしたら、俺はここ離れようと思うんですけど……」

あまり話しかけたくはなかったが、大事なことだ。俺はしぶしぶ彼女に話を切り出してみた。

「いえ？　私も一人なので、そこはお気になさらずに」

私もって……ちょっとは俺に友達来るのかなって意識してくれてもいいのではないだろうか……。

「で、でしたら……隣席いっぱい空いてますよ？　隣同士だと狭かったり気持ち悪かったりしませんか？」

言った後に気が付いた。余計なことを言ってしまったことに。いつも俺はこうだ。余計なことを言って他人との空気を悪くする。

しかし、彼女は笑顔でこう言った。

「いえ、全然そんなことないですよ？」

「そ、そうっすか……」

俺の想像していた返事を全くしない彼女に俺が調子を狂わされていると、講義開始を知らせるチャイムが鳴った。

とりあえず、隣の美女の存在を頭から消し去る。授業に集中しよう。

すると彼女は教授が入ってくるとフッといきなり笑って同時にこんな一言を発した。

「ねえねえ、この先生めっちゃハゲじゃない⁇」

君、ちょっと黙っててくれないかな？

1話　第一印象最悪度99％

「えー、二年生の時に習ったカラムの分離度R、理論段数Nの求め方の公式ちゃんと頭に入っているかー？」

俺はぼんやりと講義を聞いて、その講義をちゃんと聞くべきかどうかを判断していた。

当然、講義はちゃんと真面目に全部聞くのが理想的なのだけども。

大学の講義には教授の話している内容をしっかり聞くことに価値のある授業と全くない授業の二つがある。

テキストや教科書に書いていることをそのまま読むだけのやつの講義など、正直聞いても意味がない。

どこが国家資格試験に出やすいのか、定期テストではどういうところを生徒たちに問いたいのか。そういうことをちゃんと言ってまとめながら説明してくれる教授しか聞いても念仏みたいで意味がない。

高校までは指名される危険性とかもあって、そんな品定めみたいなことは出来なかったかもしれないが大学は指名なんてされないので俺はそんな感じでいつも講義を聞いている。

でも、意味ない講義をするやつに限って出席点とか、授業をちゃんと理解出来ているか小テストをして出席カードに答えを書かせたりするから世の中都合よくいかないといつも思ってしまう。

「く、くふふ……こっちに頭向けないでよぉ……」

講義が始まって30分経つのに、まだ教授の頭が禿《は》げていることにテキストを立てて顔を隠しながらゲラゲラ笑っている。ものすごくうざい。

大学の教授だとなかなか若いうちにはなれないだろうし、その上自由すぎる大学生や膨大なテストや成績管理で毎年ストレスもたまるだろうに。

そんなに笑ってやるなよ。いつかあんたの将来の旦那だって禿げる可能性があるんだぞ。そんなに笑っていたら離婚ものだ。

話は逸《そ》れるが、日本という国はハゲというものに対してとても厳しいと思う。禿げている人はみんな口をそろえて言う。

——誰もが、ハゲたくてハゲているのではないと——

誰もがその大きな敵に向かって対応策を打った。育毛剤を使った、海藻類を食べた。それでも、強大なハゲという力には勝てなかった。

そんな努力を知らずにみんな指をさして笑う。そんな非情なことがあっていいのだろうか。俺はそうは思わない。

だからこそ、ハゲの皆さんには胸を張って欲しい。

「はい、ここ大事よー。ちゃんとここは復習をしておくことー」

「あ、やばい聞き逃した……」

やっちまった。勝手に自分の中でよく分からないことを考えていて大事な授業のポイントを聞き逃してしまった。

大学生ボッチのきついところは情報量の不足だ。高校までは誰が付き合ってるだの人間関係の別に知らなくてもいいようなことが多い。

でも大学では最近ネットを通して大事な情報を出したりすることも多くなっており、ただ掲示板を見ればいいというわけでもなくなっていることをご存じだろうか。

機械に弱い教授がメール配信するとうまく回らずに、人脈で拾うことも大事になったりする。それ以外にもテストの過去問の共有など友達がいるに越したことはないのだ。

今のこの状況も誰か一緒に講義を受けてさえいれば聞くことが出来るのに、ここにいる男はそれすら出来てない雑魚《ざこ》だった……。

「ここ、聞き逃した？　ここの問題はね……こうだよ」

　さっきまで笑い転げていた彼女がすっと横から頭を出して、俺のテキストにすらすらと綺麗《きれい》な文字でメモ書きをした。

　それよりも俺は彼女の頭が俺の顔の前に来て、彼女のシャンプーのいい匂いに思考が再びやられかけていた。

「あ、ありがとう……」

「どーいたしましてっ」

　さっきまでゲラゲラ笑い転げていた割りには、よく授業を聞いている。俺はうざいとか授業が聞けないとか彼女を非難しつつ、彼女よりもちゃんと講義が聞けていないのがちょっと恥ずかしくなった。

　俺はそのあと反省して静かに授業を聞いた。今、聞いている講義は教授がかなりポイントを押さえて説明しており毎回ちゃんと注意深く聞いていなければならなそうだ。

　講義終了のチャイムが鳴って、やっと一限目が終了した。

「ふう……」

　講義って90分もあるので、必ずどこかでダレてしまう。久々にかなりの時間集中していたのか、一コマで相当疲れてしまった。

というか、さっきからすごく隣が静かだったような気がするのだが……。

「すぅすぅ……」

彼女は隣でテキストに頭を乗せて爆睡していた。先ほどから妙に静かで集中出来るなと思っていたのはこれが要因かもしれない。

「おい、講義終わっちまったぞ」

「ふぇっ⁉」

可愛らしげな声を上げて彼女は勢いよく頭を上げた。

「う、嘘……講義終わっちゃったの？」

「お、おう……」

「うわーん、寝ちゃったよ──。禿げているくせに授業すごくしっかりしちゃってさー！　ほとんど聞き逃しちゃった──……」

禿げているは余計だろ。

しかし、彼女は相当落ち込んでいるようでしゅんとうなだれている。

「……汚い字かもしれないけど、ポイント全部書いておいたから写すといいぞ」

俺は落ち込んでいる彼女に内容を書き込んだ自分のテキストをすっと渡した。

「いいの？」

「いいのも何も、最初俺のことを助けてくれたろ？　そのお返しさ。俺だけ教えてもらって君が困っているのに見放すことはさすがに出来ないわな」

「ありがとう！」

彼女は嬉《うれ》しそうに俺のテキストを開いて、自分のテキストに写し始めた。

「……何この、ミミズが這《は》ったみたいな字……」

「字汚くて悪かったな！」

「いや……これはさすがにひどくない……？」

「もうそんなこと言うなら見せてやんねーぞ！」

「ああ！　意地悪しないでぇ！」

見せてやったのに何なのだこいつは。テキストを開いてすぐに俺のかっこいい字に文句を言ってくるとは。

人のこと見てゲラゲラ笑うし、可愛いくせに品がない。ちょっと一部だけ優しかっただけで典型的な若い女で、弱い男を批判したり冷やかして遊ぶようなチャラチャラした質《たち》の悪い女と同じではないか。

今回ばかりは助けられたからこいつを助けるが、次からは一切助けてやるものか。

2話　ちょっと油断したらこれ

新しい学年になって前期最初の週というのはまだ始まったばかりということもあって、午後からの実習など一日ずっと何かをしなければならないということはまだない。今のところ午前中の講義だけ受ければいいだけのこの期間、休み明けの生徒にはとても優しい処置で大いに助かる。

しかし、ここにいる男は午前の講義を受けただけなのに信じられないくらい疲労してしまっていた。

「あの女ぁ……。俺に何がしたいんだよ……」

あの時以来、毎日俺の隣に来て何かしら鳴き声をあげている。大体は教授の悪口か、居眠りして寝息をたてたり、俺のテキストに落書きをしてきたり。その上、落書きも皮肉なのか綺麗な字で書いてくる。

毎回そんな彼女にイライラしたり、気を取られているといつも大事なところを聞き逃す。

そして毎回そういうところに限って彼女が聞いていて、得意げにこう言う。

「教えて欲しい？」

控えめに言ってクッソむかつく。誰のせいだと思ってんだよ、この野郎。

とは言いつつも、助けてもらわないとボッチの俺にはほかに頼れる人などおらず、おとなしく教えてもらっている。

そんなこともあってか俺は心の中で彼女がどっか行ってくれないかとか、俺自身が離れようかとか色々考えるのだが……。

「……」

どうもそこまではしなくてもいいのでは、と思う自分もいる。

悲しいことにこの大学に入ってからずっと俺は一人で寂しく講義を受けてきた。

隣で楽しそうにしているやつがいると、腹は立っても少しだけ俺の中でそんなのもいいなって思う自分がいる。

イタズラをする時も、話しかけてくる時も彼女はすごく楽しそうなのだ。いつも魅力的な笑顔を振りまいてくる。そのせいか、俺の判断能力もおかしくなっているような気がする。

「あんなに魅力的なのに……友達や彼氏ぐらいいるだろうに……」

彼女はとても美しく、笑顔も可愛い。ノリに関して俺は嫌いだが、いわゆる今どきの若い女性のノリといったところ。普通に明るい人柄なのに友達がいないほうがおかしい。喧嘩《けんか》でもしたのだろうか。対人関係に疎いので俺から話しかけることはとてもできそうにない。

未《いま》だに俺は彼女の名前すら知らない。ただ、隣に座ってきて俺に絡んでくるだけだからな。

「不思議な子やな……。改めて思い返しても……」

午前の講義しかない週というものはとても流れるのが速く感じる。

月曜日からしっかりと始まったこの新学年最初の週もついに金曜日が訪れた。

土日が終われば、本格的に実習の説明も始まっていよいよ実習ということになっていくだろう。しんどくなってくるこれからを考えるだけで憂鬱である。

去年までの俺の指定席は、花見する場所にブルーシートだけ敷いて誰もいない悪質な場所取りのように机の上に教材等を置いていかにも「俺ら座るから」という嫌がらせをしたおそらく留年生のチャラチャラどもが初日から変わらず占拠してしまっており、今週ずっと座っている席がこれから俺の世話になる席のようだ。

「お、今日も元気にボッチやってるねぇ〜〜〜」

「うるせぇよ。お前も一人じゃねぇか」

今日も昨日と変わらず彼女は何のためらいもなく俺の隣の席に腰を下ろした。

「ま、そういうことだね。仲良く似たもの同士やっていこうじゃないか」

「お前みたいな元気な性格のやつならいくらでも友達いるだろ。なんだよ、喧嘩でもしたのか？　そんなことでこんな陰キャと一緒にいたって解決なんてしねぇぞ」

軽い気持ちで言ったつもりだった。彼女の性格ならきっと笑い飛ばして適当なことを返すと思っていた。

「……そういうのはないから」

しばらくの間の後、静かに彼女らしくない小さく重さのある低い声でそう言うとその後何も言わなくなった。

そして講義が普段通り始まった。

しかし、彼女はいつもの元気はなくいつもの笑いを押し殺した声や俺にイタズラをするということもない。

気になって隣を見ると、彼女はペンを持ってテキストを見ている。今日は真面目に勉強したい気分なのだろうか。

どちらにせよ、いつもの鬱陶しさが全くない。とてもいいことであり、やっと俺も講義に集中出来そうである。

30分が経った。

俺は講義を聞いているものの、完全には集中出来ていなかった。

去年までと同じような状態の今の講義。静かに一人で黙々とメモをして教授の話を聞く。

今までと同じはずなのに違和感を覚える。

そのまま時間が過ぎていったが、特に聞き逃したということも、ぼーっとしていたということもなく無事に講義を終えた。

「今日はすごく静かだな。どうかしたか?」

俺は彼女のほうを見た。そこで俺はやっと彼女が何かおかしいことに気が付いた。

テキストは最初見た時に開いていたページのまま。それにペンを持ったまま彼女は目の焦点が合っていないようにぼーっとしている。

「おい、どうした?」

「え?」

「講義、終わったぞ……?」

「え? 嘘でしょ? 私何も聞いてないよ?」

「お前……。今日は寝るんじゃなくてずっとぼーっとしていたのか……」

「ど、どうしよう……何もメモ出来てない！　講義のポイントも何も分かってない！　テストの時困っちゃう！」

彼女の焦り方からして、本当にぼーっとしてしまっていたらしい。かなり焦っている。

「はぁ……」

俺は先ほどの講義のテキストを彼女に差し出した。

「お前の大嫌いなミミズの這った字でよければ、写すか？」

「いいの？」

彼女はすごく申し訳なさそうだ。いつも寝ていて結局見せているのになぜに今日だけそんなに申し訳なさそうなのか。

「いつも見せているだろ」

「いつもは……あなたが聞き逃したところ教えているから貸し借りなしって感じだったけど……。今日はあなたに私は何も出来てないよ？」

そんな小さなことで彼女はとても深刻な顔をしていたのか。今まで感謝って言葉知ってる？　っていうような女子かと思っていたが、そうでもないらしい。

「いいよ。困っているんだろ。パパッと写しちまえ。その代わり、俺がぼーっとしちゃった時は助けてくれよ」

「うん！」

彼女はとても嬉しそうにテキストを俺から受け取ると、それを開いて写そうとした。しかし、彼女の手がぴたりと止まる。

「汚過ぎて読めないいいいい！」

「返せこの野郎！　二度と見せてやるもんか！」

「ああああ！　読めます！　読めますからぁ！」

ちくしょう、月曜日とちょっと様子が違って本当に可哀想になったから助けてやろうと思ったのに、このあたりの反応は変わってないじゃないか。

今週、俺は彼女にいいように振り回された形になった。

ほんとこの女は何なんだ。憎たらしいし、無駄に可愛いし、うざいくらい純粋で……。

もう優しくなんてしてやるものか。こっちの調子が狂う。

3話　お菓子からの流れ

あっという間に週末は終わって、再び平日の忙しい日々が始まった。

今週から実習も始まり、本格的に大学での勉強がスタートする。

大学生は暇だとか常に遊んでいるというイメージがある方も多いかもしれないが、実習が始まると結構忙しい。

まぁそんな話はともかく、今日も俺の隣にはやつがいる。

しかし、一週間も一緒に講義を受けているとだんだんとこいつのノリにもついて行けるようになってきた。

「今日も河童《かっぱ》だー」

「河童になりたくてなっているわけじゃないからそんなこと言うな」

「今日も汚い字だー」

「俺だけ読めればいいんだよ」

そんな話をしながら講義を受けるようになっていた。

ところで、大学の教授の授業の仕方が色々あるということは皆さんご存じだろうか。

大抵の人が大学の講義というものは、パワーポイント等でまとめたものをスライドを使って教えているのがイメージとしてあると思う。

しかし、それは50代くらいまでのある程度パソコンを使ったり出来る人たちだけであってさらに高齢の人になると、高校までと変わらず黒板にあれこれ書く講義だって存在するのだが……。

それが俺にとって死ぬほど辛《つら》かった。それはなぜか。

そういう黒板に文字を書くやつに限って字が汚い。俺が言えたことじゃないけども、せめて他人に読んでもらう前提で書くならもうちょっと読める字で書いてほしい。

後は死ぬほど小さな字で書いたり、なんで大きな黒板なのに隅っこのほうに書いたりするのだろうか、ああいう人って。しかも消すのも死ぬほど早いし。

こういう時にボッチでありながら、あまり目がよくない俺は見えなかったりして書きとれなかったりすることがある。

なら前に座れということになるが、それはそれで辛いのだ。

そして現在それに悩まされていた。

「あれ、なんて書いているのだ……？」

コンタクトは入れているが、広い教室の一番後ろだとかなり視力がないと見えない。視力1・5以上ないと見えないと思う。

「み、見えない……」

こういう時に隣で一緒に講義を受けているやつがいれば、簡単に何を書いてあるか聞いたり、書いているものを見たりして確認することが出来るのだが……。

「はい、黒板に書いている内容を写したからここに。写していいよ」

隣からすっと彼女が綺麗にテキストにまとめたものを見せてくれた。

「あ、ありがとう……」

俺は彼女からテキストを見せてもらうと、手早く写した。

こうして俺は、彼女が機転を利かせてくれたおかげで講義の地味なピンチを乗り越えることが出来た。

「ふぅ、やっと一つ講義終わったね」

「ああ」

彼女の言葉に答えつつ、俺は席を立った。

「ん？　どっか行くの？」

「今日は午後もあるし、早めに売店で昼飯買ってこようかなって」

「ああ、そう。荷物見ていてあげるから行ってらっしゃい」

「頼む」

俺は教室から出て、売店に向かう。

「俺、なんだかあいつと一緒にいるのが普通になってきたな……」

それだけではない。あいつのせいとはいえ聞き逃したところを教えてくれたり、今日みたいに見えなかったところを教えてくれたりかなり助けられている。

売店に入ると、短い休み時間の中で買い物をしようと多くの人が集まっている。

並んでいる商品を見ながら、欲しいものを手に取る。

そして自分の食べるものと飲むものを手に取ると俺はそのままレジに向かおうとした。

のだが……。

「……」

たまたまレジに並んでいる列が長くて、最後尾に並んだ位置にあった商品棚にあるものを見て少し考える。

そして俺は、それも手に取ってレジに出した。

「お。おかえりぃ〜〜〜」

「おう」

　売店が混んでいたこともあって、俺が戻るとすぐに講義開始のチャイムが鳴っていつも通りまた講義が始まる。

　今から始まる講義はすごく緩い。そこで俺は、さっき買ってきたものを入れたレジ袋からあるものを取り出した。

「ほら」

「ほらって？　チョコレート？」

「その……なんだ。一緒につまんで食べないか？」

　俺がレジに商品を出す前に手に取ったのはチョコレートのお菓子だった。なんだかんだ俺のことを助けてくれる彼女が気軽に食べられるものをあげてもいいかなと思ってしまったのだ。

「いいの？」

「いいよ。お前のために買ったし。俺一人じゃこんなもの買わねぇよ」

「そう。じゃ、遠慮なくいただきます」

　ちなみにこの講義の先生は緩めで別に音をたてさえしなければお菓子を食べたり、水分補給くらいは許されている。

許されていない先生の前で食べたりしていると何百人といるなかで怒られるので皆さんは注意しましょう。

「ありがとう」

「いいよ」

俺は清涼飲料水のペットボトルを開けるとそれを少し口にした。

「ふう」

「ん。私にもちょーだい」

「え？　お、おう。ほら」

俺は突然そう言われて、そのままペットボトルを渡してしまった。

それを受け取った彼女は何もためらうことなく俺が口をつけたペットボトルにそのまま口をつけて飲んだ。

「あ……！」

「ん、ありがとう」

こいつ、間接キスとか全く気にしていない……だと？

俺は彼女からペットボトルを受け取ると、そのペットボトルをまじまじと見つめて間接キスについて悶々《もんもん》と考えた。

その後しばらく飲まずに置いておいたのだが、お菓子を食べるとのどが渇くもの。悩んだが、講義中に変な行動していて声をかけられるのは嫌だ。もう素直に受け止めるしかない。腹立つけど、こいつ美人だしもういいや！

俺は勢いでそのままペットボトルに口をつけて飲んだ。

なんだろう、清涼飲料水なのに味がしないのは甘いお菓子を食ったからか？

「間接キスとか意識した？」

「！」

彼女が意地悪そうに俺の耳元でささやく。

「ずっと悩んでたねぇ。でも折れちゃった。それだけ私を受け入れてもいいいって思っちゃった？」

「う、うるさい……」

何も言い返せなかった。なんかそういう理由も勢いに含まれていたような気がするからだ。

この時、俺は再び彼女に優しくして損をしたと激しく後悔したのは言うまでもない。

4話 神はこの世にいません

その日の午後からは、来週からの演習実習についての説明やそれに向かっての講義などが予定されている。

ただ説明などを聞いたりする講義とあまり変わらないものなのだが、この説明も実習と同じく休んだり遅刻すると進級出来ないため油断は出来ない。

そして俺はこの時間があまり好きではない。

「どうか優しい人と出来れば同じ男の人と一緒の班になれますように……」

この時に初めて誰と演習実習をすることになるかの班の詳しい内容が分かるのだ。

大学生にもなればみんな大人で特にボッチな俺をのけ者にしたり、陰口をたたくということはよっぽど変なことをしなければないのだが、話し難《にく》そうにさせてしまうのがとても辛《つら》い。ならちゃんとコミュ障直せとか思ったやつはコミュ障がどれだけ重症か知らないから言えるんだぞって言いたいけど切実に直したいところである。

「私と一緒になればいいのだー」

なんで午後のこの講義もこいつが一緒にいるのだろうか。

教室が変わって俺はうまく姿をくらませられたかと思ったのだが、しっかり俺を見つけて隣に来やがった。

なんだろう、ちょっとそれに落ち着く自分を殴りたい。

こいつはこう言っているが、実習を受けるのは二五〇人近くいるのでペアになるというのは実現しそうにもない。

腹は立つが、こいつであれば落ち着いて俺も実習をすることが出来そうな気も……しないな。どんな作業でも俺にやらせたり、こいつの性格が災いして俺もふざけているように教員に見られたらたまらない。

うちの大学では実習評価は基本A評価固定である。もちろんBやCでも進級は出来るが、実習にちゃんと取り組めなかったと就職活動時に見られる可能性があり、就職に悪影響を及ぼすかもしれないため大きな落とし穴だったりする。

「では、実習の書類を配る。これからの実習に持ってくるように指示することもあるのでなくさないように。再発行はないからな」

前から配られてくる書類を受け取って、早速俺はどこの班に配属されたか確認してみる。

「神崎夏帆……。女の子……だな」

俺の切なる望みは通じなかったようで、女の子がパートナーになってしまったようであった。

「うーん、君とは一緒のグループだけど班が違うのかー。まぁでも一緒の教室で一緒の作業することになるから分からなかったら君に聞いちゃえばいいね」

「やめてくれる？」

α、β、γグループに分かれてそれぞれバラけて作業をするが、彼女とはその大まかなグループ分けでは一緒だったらしい。

というかこいつは俺の名前を知っているのか。ご丁寧に俺の名前のところに蛍光ペンを引いている。やめてください、死ぬほど恥ずかしいです。

彼女のテキストを覗《のぞ》き込むと俺の名前以外に伊藤奈月《いとうなつき》と書かれたところにも蛍光ペンを引いている。彼女の名前はおそらくこれだろう。

「お前のペアは誰なわけ？」

「うーん、男っぽいなぁ。男なら君以外となるのは嫌だけど、教師が決めたことだし仕方ないねぇ」

そう言って、自分のペアの名前のところをペンでぐしゃぐしゃーとこすってボロボロにしてしまった。やめなさいって、何の罪もないでしょうが。

「それにしても、女の子かぁ……迷惑かけないように先頭きってやらないとなぁ」

何の活動においても、女の子に任せっきりというのはとても恰好《かっこう》が悪い。特に生物を扱ったりする時は女の子にも抵抗があると思うので、そういう時は率先してやらないと。

実習で班のメンバーは運命共同体。自分が失態を犯せばペアも悪影響を受けかねない。

それだけは避けなければならない。

「うーん、こいつ何でもやってくれるかなぁ」

こいつみたいなのだったら、無理やり尻たたいてやらせるのもためらわないけどな。普通の女の子には紳士でいなければならん。

「このペア使い物にならなかったら、君のとこ頼るし大丈夫だね」

さっきから最低なことばっかり言ってて意地でも助けたくなくなるのだが。

「そうだ、君の連絡先教えてよ。これから聞きたいこととか出てくるだろうしさ」

「断る」

俺はバッサリと彼女からのお願いを切り捨てた。

「な、なんでよ……」

「君となんか連絡先を交換したら、何でもかんでも連絡してくるに決まっている。その上、どうせ『なんとなく連絡してみた』とか一番腹立つことしそうだしな」

それにこいつからメッセージが来ても何て返したらいいかも分からない。今まで個別で異性と連絡を取ったことなどない。すべてグループチャットで連絡来てたし、むしろ俺が読んでいるかなど気にもしていなかっただろうし。

普段からニコニコしてくれている子に『この子となら友達になれるかも』と思い切ってメッセージ送ったら何日何ヵ月経っても全く既読が付かなくて辛《つら》すぎてそっと履歴を消したぐらいの経験だけよ。

「な、なぜにバレたし……」

「君を見ていたらなんとなく分かる。だから君と連絡先交換するなんてごめんだね。君ならいくらでも話し相手になってくれる男でも友達でもいるだろうが」

俺はそう言い放った。しかし、その約5秒後にはちょっと言い過ぎたかもと後悔している。大体いつも俺はこうだ。

「そ、そういう人が誰もいないから思い切って君ならいいかもって思ったのに……。そんなに嫌がらなくてもいいじゃん……」

言い過ぎたと後悔した言葉は彼女にかなり突き刺さったのか、本気で落ち込んでいる。さすがに言い過ぎたか。たまに精神的に不安定な時には毒舌にキレがありすぎて、相手をかなり悲しませてきた。

　この年になっても女子を泣かせかけている。これはまずい。

「じょ、冗談だって……。それなりに毎日会話が出来ているようなやつに対して連絡先を交換しようと言われて交換しないやつなんているわけない……だろ」

「ないよねー。はぁー、チョロいチョロい。優しいくせに無駄に毒を吐こうとして毒吐きすぎて不安になっているのバレバレ！」

　全然落ち込んでなかった上に嘘泣きだった。さらに俺のことも図星でバレバレだった。

「こ、こいつ！」

「言ったことに男は嘘をつかないよね♪　はい、おとなしくスマホ出して」

「ち、ちっくしょう……」

　ちなみに今はまだ実習中である。この状況でスマホ触っていることがバレたら当然怒られます。

　そんな中、彼女は器用にバレることなく連絡先の交換を済ませてしまった。

「えへへ」

　嬉しそうな顔で彼女が俺の連絡先が登録されたことを知らせる画面を見つめている。その彼女の姿はとても可愛い。

見れば見るほど、関われば関わるほど彼女は魅力的だと思う。性格は難ありかもしれないが、本心はそうだと思えない。

こんな女の子がなぜ友達とも、男ともいないのか。やはり不思議に思ってしまう。どうして彼女は俺と出会うまで一人だったのだろうか。それを聞けば彼女は教えてくれるだろうか。

5話　青春ってどういうことか

俺が予想した通り、彼女と連絡先を交換すると頻繁にメッセージが来るようになった。

いつもはとても静かなスマホが何か意思を手に入れたのかと思うほどに、振動したり音をたてたりしている。

彼女からは大学の話含め、雑談が多い。返信しないと大量にメッセージを送りつけて常にスマホを鳴らしまくる。害悪すぎる。

でも悪い気はしない。中学、高校と闇に落ちていた俺は同い年の女の子とこうやってプライベートでも連絡を取り合うなどということはほとんどしたことがなかった。

そのせいもあるのか、なんだかこいつの相手をするのも悪くないなって思っている自分がいる。もっと厳しい男になりたい。

しかし、彼女はなぜにここまで俺と関わろうとしているのか。ちょっと話もうまくつながっているので、それとなく聞いてみた。

すると彼女からは、簡単な一文だけが来た。

—優しいから。信用出来そうだから—

「？？？」

意味が分からなかった。そもそも俺とあいつは一緒に話したことなど、過去一回もないはずなのだが。

それなのに俺のことを一目見て優しいなどと、エスパーでもない限り絶対に分かりそうもない。自分で言うのもなんだが、目つき悪いし陰キャだったので常に青春時代はシンプルに怖い人扱いだったのだが。

—優しいかどうかなんて、話したこともないのに分からないだろーが。もし俺が悪い男だったらどうするつもりだったわけ？—

俺がそう送っても彼女はただこう一言だけ。

—そんなことはないよ。私はあなたが優しいことを知っているもの—

いつも摑《つか》みどころのない彼女なのだが、今のやり取りが一番彼女の中で摑めない発言だったと思う。

ぶっちゃけ彼女は頭いいのか天然をこじらせているのかよく分からない。俺と同じでこのきつい学部の中でちゃんとストレートで通ってきているあたりを考えると、そんなにバ力ではないのだろうけども。

―そんなことよりも、私のことをどう思う？―

―どう思う、とは？―

―可愛いとか、もう女としてエロい目でしか見られないとかそこらへんどうなの？―

―うざい、うるさい、落ち着きなし―

―通信簿みたいなこと言うのやめてくれる？―

こいつはそもそも、こういうことを聞いて俺が素直に可愛いとか襲いたいぞとか言ったらどういう返事をするつもりだったのだろうか。ちょっとやってみればよかった。

―ま、間接キスのくだりから君が童貞だってことはよく分かったがね―

「ほんと、煽《あお》りの才能だけは天才だよてめぇ」

誰もが童貞でいたいわけではない。出来れば、高校生の時に一回くらいは甘い思い出が欲しいに決まっている。

しかし、男にとって一番大切なのはコミュニケーション能力だ。顔ではない。もちろんイケメンのほうが女子の食いつきはいいだろうが、顔が多少悪くても話し上手であれば女の子は懐いてくれる。言い方は悪いが、たいして売れていない芸能人なのに可愛い奥さんがいるのとかがいい例だろう。

イケメンは女子が嫌な顔をしないので、自信をもって女子とコミュニケーションをとれるからモテるというだけ。顔に自信がない人も女子と頑張って話をしてみよう。

そんな現実にもかかわらず陰キャをこじらせていた俺の場合、年は大人になっても別の意味では大人になれないままの雑魚《ざこ》です。すみません。

――てめぇみたいに異性と楽しく遊べる気持ちはもともとないんだよ――

彼女はとても美人だ。今までいくらでも男に告白されて気に入った男と楽しい時間を過ごしながら生きてきたのだろうな。

ま、まぁこいつがどういう風に過ごしていようが俺には全く関係ないのだが。ただ、今もし彼氏がいるのであれば俺との連絡の取り方は考えて欲しいものだ。

揉《も》め事に巻き込まれるのだけはごめんだ。

――遊んだことないって――

俺に気を遣っているのだろうか、なぜかこういうことについてはかなり強く否定する。気を遣われたらなおさら辛い。でも、彼女にいっぱい男と遊んでいると断言されても多分俺はなんだかもやもやした気持ちになる。童貞になら分かるこの陰キャ特有の発想な。

――だっておめぇみたいな女、周りに普通に知らない人いるのに彼氏や友達と夜遊びしまくったって聞こえる声で言ってるけど？　みんなそんな感じちゃうの？――

―あー……やっぱり私そっちサイドの人に見えちゃう？―

―んー、まぁまぶしい存在っていうのでは一緒だな―

イラつくけど可愛いこんな女が自分の彼女だったら。それはとっても素敵な大学生活だろう。

勉強をただ苦しみながらする生活の中に癒《いや》しが生まれる。いてくれるだけで嬉しくなる存在がいる。

それだけでどれだけ生活に色が付くのだろう。

今までずっと一人で何もかもしてきた俺は、友達を作るということは分かっても恋人を作ることに積極的なみんなのことが理解出来なかった。

でも、彼女が隣にいてイラつかせたり笑ったりする生活がだんだんと当たり前になりつつある今になると少し分かるような気がする。

その上、大学生にもなればあまり制限もない。一般的に見ても大人に分類される立場になっている。恋愛だってもっともっと色々と魅力を帯びるだろう。

―どうよ？　憐《あわ》れな童貞君にこんなまぶしくて魅力的なこの私の存在は！―

―ああ、嬉しいよ。いつもありがとう―

決してこの子とお付き合いが出来るわけではない。でも、隣に友達としていてくれるということが今の俺にどれだけ助けになっているかやっと分かってきたような気がする。

そう思うと、素直に感謝の言葉が出た。

―ど、どうしたの？　らしくないよ？―

彼女もこの返答は予想外だったらしい。

―これからもよろしく―

―うん！―

彼女からは勢いのいい言葉が返ってきた。いつもそうしていろよ、可愛くて仕方なくなるのに。

と思っていると、彼女からもう一通メッセージが。

―あ、これから朝寝坊したくないからモーニングラブコールちゃんとかけてね―

「マジかよ……」

嫌だと何回も送ったが、既読にならなかった。

どうやら今回もまんまと彼女に乗せられた。明日から毎日彼女に朝電話をかけなくてはならなそうである。

果たして、彼女は朝の支度にどれくらい時間がかかるのだろう。どれくらいに起こしたらいいのだろうか。

俺は今日もいいように彼女に振り回されている。

6話 穏やかな朝と穏やかなパートナー

俺の部屋の中では、いつもよりも1時間早く目覚まし時計の音が響き渡っている。

「ぐぁ……まだ薄暗いじゃねぇかよ……」

普段ならこの時間よりも1時間以上遅く起きても余裕で間に合うくらいに早い時間帯である。

「……」

俺はもう一回布団をかぶる。そして再び浅い眠りにつく。

また事前に設定していた10分間隔のスヌーズが鳴り響く。それを止めては少し眠り、またスヌーズが鳴りだして止める。

これを繰り返すとだんだんと低血圧の俺でも起きられるようになる。寝起きの悪い俺がどうしたら遅刻したりしないか考えた上で編み出した方法である。

そして最初にアラームが鳴り響いて約30分後。俺は完全に目を覚ましていた。この起きるまでのタイムロスを含めても、プラスマイナス0で結局のところ約1時間ほどいつもよりも早く起きている。

そしてこうして早く起きなければならない原因を作った憎き相手に電話をかけることにした。

電話をつなぐ音が聞こえるだけでなかなか出てくれない。これでサイレントモードとかにしていたらあいつぶっ飛ばす。

『はぁい……』

「おい、朝だぞ。起こしてやったんだからちゃんと起きて遅刻するなよ」

『あと30分後に起こして……』

「俺にスヌーズ機能まで担えと？？？　潰すよ？」

『こんなに早く起こさなくていいよ……大事な睡眠時間返して』

え？　なんで俺ちゃんと早く起きて電話したのに非難されているのか。俺だってもっと寝たかったのに。

「お前は女なんだから、髪の支度とか化粧とかあるんだろ。早く起きないといけないと思って早く起こしたのに」

『そんなに時間かけてないから……』

「とにかく起きろ。これで寝直したら二度と連絡しないから思いっきり遅刻するぞ」

『うぅん……いじわるぅ……』

寝起きの女の子の声ってこんなにエロく聞こえるものなのか。くぐもった声で意地悪とか言わないで欲しい。

「ほら、ちゃんと起きたらなんかお菓子でも買ってやるから起きろって！」

説得すること約10分。

『ずっとうるさいからなんだか目が覚めちゃった……』

まるで俺が悪いと言わんばかりの言い方で非常に悲しい。ここは感謝されるところなのではないのだろうか……。

俺は彼女がちゃんと起きたことを確認すると、電話を切って自分の朝の支度をすることにした。

大学生は私服で行動する。年も年であるので寝ぐせや身だしなみがダサいとやばい。オシャレはしなくてもいいので最低限整えるところだけ丁寧にしておかなければならない。

整え終えると、俺は朝の情報番組を見ながら朝ご飯を適当に口に押し込む。あんまり食べる気が起きないが、食べないわけにもいかないので一応頑張って食べる。

そしていつも通り大学に向かうべく、家から飛び出した。

「えへへ、今日はありがと」

「よく言うわ、俺が電話かけたら非難しまくってたくせに」

結局、彼女は遅刻することなく上機嫌で俺の隣に来た。よく見ればいつもよりも身だしなみが綺麗でより可愛く見えた。

今日の朝の流れから俺と同じく彼女も朝は低血圧でなかなか起きられずに朝の支度もバタバタしているのだろう。

いつもよりも格段に可愛く見える彼女が見られただけで、ちゃんと朝起きて起こしたかいがあったなってすごく思えた。

そしていつも通り彼女と一緒に講義を受ける。いつもと変わらぬ平和な午前中を過ごした。


と、そこまではよかった。

「ふううう〜〜〜……」

俺の最大の試練は午後からである。今日からついに実習がスタートする。いつものように彼女と一緒にいるわけにはいかず、全く知らない女の子と一緒に活動していかなければならない。

どんな子だろうか。おとなしい子だとまだやりやすいが、きつめな性格の女の子だったらどうしようか。

俺は実習室の机に早めについて、隣に来るべき人を待っていた。ちなみにあいつは超リラックスしている。昼飯も食っていい気分なのだろう。机に体を倒して伸びている。第一印象を大事にする気がまるでない。

ある意味あいつのそんな性格がうらやましかったりもする。それくらい大胆不敵でいられるくらいの精神力が欲しいものだ。

「あ、あの……佐々木《さ さ き》さんでしょうか……？」

「！　は、はい。そうです」

そんなことを思っていると、一人の女の子が声をかけてきた。身長はかなり低くて中学生と言われてもバレないかもしれない。明るい茶髪が印象的でとても可愛らしい。

「か、神崎《かんざき》です……足を引っ張るかもしれませんが、よろしくお願いします……」

「こちらこそよろしくお願いします」

第一印象はかなりおとなしめな女の子といった感じだ。しゃべり方、雰囲気ともに落ち着いていて物静かだ。

まだ一緒にやっていけそうなタイプの子で助かった。というよりも、相当な美人でびっくりした。

あいつもかなりの美人だが、負けず劣らずだ。こんな子に迷惑をかけたら、関係ない人間にまで恨まれそうなくらい美人だ。

早速、実験机が同じになった近所の班のコミュ力の高いイケメン男が彼女に話しかけているが、彼女はそういうのが苦手なのかあまり反応がよくない。

そんな様子を見ているとチャイムが鳴って、午後の授業開始を知らせる。いよいよ実習のスタートだ。

「ではこのグループがまず三週かけて行う実習の内容が書かれたテキストを配る。名前と学籍番号を記入すること」

配られたテキストに名前を書き込むと、俺は今回から行われる実習の内容についてテキストを開いて目を通して確認することにした。

果たしてどんなことをしなければならないのだろうか。

俺はペアの神崎さんの顔を見た。

すると神崎さんはかなり顔を青ざめさせながら、テキストの内容に目を通していた。どうやら今回の実習はなかなか厳しいものが含まれているようだ。

みんなの前で発表だろうか。それともレポートがたくさん出ていて大変なのかもしれない。

「ど、動物の解剖だなんて……私出来ないよ……」

神崎さんは震える声で小さくそう言った。

どうやらこれから行う実習はかなり女の子に厳しい内容が書かれているようだ。

俺もこれから行う実習内容を確認するべく、テキストを開いてその内容に目を通した。

7話 心の中で決めていること

テキストに書かれていたこれから行う実習の内容とは。

四塩化炭素を投与して、肝障害のマウスを作製してその個体を解剖して採血して血清を分取するというものや、エストラジオールという女性ホルモンを投与した雌ラットとオリーブオイルを投与したラットそれぞれを解剖して臓器を取り出して重さを量るなど……。

他にもやることはたくさんあるが、とりあえず解剖しないといけないところが二つあるということである。

これはなかなかきついだろうな。

麻酔をかけるとはいえ、生きているマウスやラットを切ったりするというのは男でも苦しいところ。

血が出たり、麻酔をかけていても痙攣《けいれん》等するので女の子にはかなり刺激が強いと思われる。

もちろん耐性がある子もいるだろうが、神崎《かんざき》さんの様子を見ると明らかにないと思われる。

出来るだけちゃんとサポートをしていこうと思う。

「今日は肝障害モデルマウスを作製する。それぞれ一人一匹ずつマウスを配るので実際にそのマウスに触れて重さを量ってもらう」

ケージに入れられたマウスが俺たちの座る実験机にも配られてきた。

またこれが可愛らしいんだわ。ちなみにこの物語を作っている神様はこのことがきっかけで二度とハムスター飼えないと思ったらしい。

マウスの重さを量るには、マウスを摑《つか》んで秤《はかり》にまで運ばなくてはならない。

神崎さんが恐る恐る手を伸ばすが、マウスが怯《おび》えて逃げてしまう。

「いてぇ！」

近くの班では先ほど神崎さんに声をかけていた男がマウスに嚙《か》まれてしまった模様。ざまぁみろ、マウスにはてめぇの邪念が分かるんだよ。

しかし、嚙まれて痛がる男を見て神崎さんはもっと怯えてしまった。

「か、嚙むんですね……やっぱり」

神崎さんが怯えているようなので俺が先にマウスを軽くつかまえた。そしてそのまま抱えて秤にまで運んで体重を計測した後、俺の取り扱うマウスと分かるようにペンでマークを付けて再びケージに戻した。

「す、すごい……。なんでそんなにスムーズに？」

「怯えながら手を出すとマウスも怯えるから、一気に尻尾を摑んで手のひらに乗せてみて」

「は、はい」

彼女は俺の言った通りに尻尾を摑んで、手のひらに乗せて素早く秤に運んだ。

「で、出来ました……」

「刺激を与えさえしなければ、積極的に噛んだりしないからね」

彼女も自分の取り扱うマウスの重さを量ると、それを記録してペンで自分のマークを付けて素早く先ほどの要領でケージに戻した。

ちなみにその間にあいつのほうをちらりと見ると、余裕の表情をしていた。こういうことには耐性があるようだ。しかし、彼女のペアだと思われる人間のほうが表情に余裕がない。それにまたイラついている。許してやれって……。

「重さを量り終えたか？　量り終えた者は記録した体重をもとに麻酔を投与する量を算出しろ。算出する方法はテキストに書いてあるのでそれに従うこと。計算を終えたら注射器で薬品を計算した分量取ってマウスに投与しなさい」

投与する量を算出したところで、俺が先にマウスに投与することにした。

「いい？　マウスの両耳の後ろの皮膚のたるみを出来るだけこうやって摑む。するとマウスが固定出来るし、嚙まれる心配もないよ」

「おお……」

俺は彼女にテキストに書いてあることを実践しながら自分の作業を行った。文字で書いてあってもこういうことは実践しないと分かりにくい。

先ほどの手際を見ると、彼女は一回理解すればしっかりと出来るようだ。

俺は麻酔を投与した後、彼女にアドバイスをしながら投与のサポートをした。手は震えていたが、なんとか投与出来た。

「麻酔を投与したら、マウスが眠り始める。マウスが5分経っても意識があるようであれば、教員を呼んでさらに投与するか相談すること。意識があるかないかは正向反射が消失しているかどうかで判断しなさい」

俺と神崎さんのマウスはちゃんと5分以内に寝た。個体差でやはり眠らなかったりすることがあるが、うちのマウスは二匹とも眠っている。

眠っているマウスはとても可愛い。これがまたさらなるトラウマに引き込む要因になるのだ。避けては通れない道とはいえ、辛《つら》いものだ。

「眠ったら、各自それぞれ指定された四塩化炭素量を含んだオリーブ油混液を投与してもらう。それが出来れば、今日のマウスの取り扱いは終了だ。明日、解剖することになるので心しておくこと」

先ほどの麻酔投与と違い、今回の投与はマウスが眠っていて動かないので皆が落ち着いてスムーズに投与を終了して眠っているマウスをそれぞれケージに戻した。

「すみません、いっぱい助けてもらっちゃって」

「ううん。こんなことしか出来ないから。うまくできてよかった」

「どうしてそれほど冷静に出来るんですか？」

その作業が終わると、神崎さんは俺に尋ねてきた。

「うーん……動物の命をもらう以上はためらったり、怯えたりしないって決めているんだ」

自分がどういう感情を抱こうが結局のところこの実習で命を奪う。それは変わらないこと。ならば、このマウスたちに感謝して自分の知識として生かせるように一つ残らず学べることを学ぶ。

それが自分に出来るマウスへの最大の敬意。

戸惑ったり、怯えたりしているのでは大事なことを見落としてしまう。

「強いんですね……」

「そう？　この後の人生でハムスター飼えないって思っているけどね」

「私も頑張って向き合おうと思います。先ほどまでは嫌だとか悲しいとか自分のことばっかり考えていましたが」

「うん。俺の力じゃ微力だろうけど、協力する。頑張って学べることをいっぱい学ぼう」

「はい！」

俺はこの一連の作業を経て、神崎さんと少しだけ歩み寄れたような気がした。

彼女はこう言っているが、やはりその場面になると多少苦しくなるだろう。その時にどんな助けをしてあげられるだろうか。

8話 嬉しい発展

今日の分の実習の作業を終えて、皆が実習用具の片付けやレポートのまとめをして終わった者から帰宅していいということになっている。

「あ、俺が器具洗ったり片付けたりするからレポート進めてもらっていいよ」

「そんな、申し訳ないです」

「あ、じゃあ後でちょっとレポートまとめたものを見せておくれ。ここは協力しよう」

「はい、了解です」

実習というものは班の中での役割分担というものがいかに早く実習を終えられるかのカギを握っている。

二人で同じ作業をするよりも、一人一人が違う作業をすることによって効率よく実習を終わらせられる。

もちろん個人で作業を進めるところもあるが、分からなくなったり躓《つまず》いたりした時は隣にいるパートナーをしっかり頼れる環境を作っておけばうまく切り抜けられる。

多分ここで大抵の人がそんなに実習やりたくねぇのかよって思うだろうな。しかしそうではない。実習中というのは常に成績を評価するために見られている状態である。その緊張状態が長く続くということはとても疲れるのだ。その状態から早く解放されると同時にへまをやらかすことを防ぐためにも早く終わらせたいのだ。

話を聞いている限り、神崎《かんざき》さんは大抵の科目の単位をSかAで通ってきているらしい。恥ずかしそうに話をしていたが、もっと胸を張って堂々と言ってもいいことだ。

そんな物分かりのいい神崎さんにレポートで問われているところを先行して考えてもらっておこうという戦法だ。卑怯《ひきょう》なように感じるが、自分で延々と考えても解決しないことが過去に何度もあったのでここは助けてもらうことにしよう。

「よし、片付け終わった」

自分の部屋は絶望的に汚いが、他人のものは徹底的に丁寧に綺麗に慎重に扱う主義の男の俺からしても納得の器具の綺麗さ。

これなら器具チェックも簡単に通るだろう。

「ありがとうございます」

「いやいや、その白い肌を荒らすわけにもいかんでしょう」

「レポートに出された課題の問い、ほとんど解き終わりましたよ」

「……マジで？」

周りの班はまだまだ頭抱えているところしかないけど。めっちゃすごいですやん……。

「わ、悪いけどちょっと説明しながら俺に教えていただけませんか……？」

「もちろんです。しっかり理解したいっておっしゃっていましたもんね。私の言葉の範囲で出来るだけ頑張って説明しますね」

な、なんだこの子は！　優しすぎないか？　どっかの常に俺をおちょくったり、イタズラしているあの女には少し見習ってほしいものだ。

「へっくし」

なんだか後ろのほうから、可愛らしいくしゃみが聞こえた。笑い方に品がないくせに無駄にくしゃみが可愛いのもむかつくな、あいつ。

隣にいないのにあいつに意識を取られそうになったので俺は首を振って、改めて神崎さんに教えてもらうことをお願いして説明してもらった。

「今回の実験において、私たちはそれぞれ四塩化炭素の量を変えて今日実習の中で投与しました。その関係性を明日の実験で調べるわけですから……」

「なるほど……じゃあ、ここでこの課題が聞きたいのは……こういうことでいいってことか？」

「それもそうなんですけれども、もっと具体的にまとめるのが大事かと。それだけだと漠然としすぎているので」

「おけ」

　俺も彼女の話をしっかりと聞きながら、自分の言葉でまとめている。隣で神崎さんが見守ってくれていて俺の書く内容を見てアドバイスをしてくれる。

「あ、ここはですね……」

「おう、なんだ？」

　俺がパッと神崎さんを振り向くと、神崎さんの可愛い顔がすぐ目の前にあって。俺はすごく顔が熱くなるのを感じ、それに合わせて彼女の顔もきゅううと赤くなった。

「す、すみません……近かったですね」

「い、いや。それだけ俺の書いていることをしっかり見てくれていて嬉しい。俺のほうこそ急に振り向いたりして驚かせてしまってごめん」

　その後はなんだか微妙にむず痒《がゆ》い空気になった。特に気まずいというわけではないが、なんだか先ほどと違ってすごく神崎さんが近いだけでドキドキする。

　至近距離で見つめあった時の神崎さんの可愛い顔にかなり動揺してしまっている。

「……よし、これでいけるか！」

「はい、私の見る限りでは大丈夫です」

「ありがとう。よし、教員に確認してもらいに行くか」

「はい」

俺と神崎さんは早速まとめたレポートの内容を確認してもらうべく、教員のところに持っていった。

「うん、よくまとめられているね。ＯＫです。今日の実習終わりね。お疲れ様でした。えっと、神崎さんと佐々木《ささき》君ね」

無事レポートのチェックも通り、出席も確認されたところで今日の実習は終了になった。

荷物をまとめて帰る準備を始める。

「ありがとうね、神崎さん。最初から助けられっぱなしで」

「いえいえ、こちらこそです。これからも……多分足を引っ張るかと思いますけれどもよろしくお願いします」

なんていい子だろう。頭はいいし優しいし、しかも超美人だし悪いところが一切ない。

最初の時、神に見放されたとか思っていたけど逆でした。

実習が終われば、速やかに片付けて教室を出なければいけないことになっている。そうでもなければ、あいつの助けをしてやりたいところではあるのだがそういうことをするとそれも減点対象になるのでどうしようもない。

俺と神崎さんは教室を出て静かな廊下に出た。ここまでくればもうリラックスしても問題ない。

「あ、あの……」

「ん？」

「これから実習を一緒にやっていく仲ですし、よかったら連絡先を交換していただけませんか……？」

神崎さんからのまさかの申し出だった。こんないい子の連絡先など知ってしまってもいいのだろうか。

確かにこれから実習を行う上で帰宅してから行わなければならない課題もたくさんあるのは間違いなく、その時に分からないと非常に困ったことになる。

でもそれに関しては奈月《なつき》も同じグループなので、むかつくがあいつに聞けばいいわけであって……。

奈月ならそこそこ会話もしているし、おちょくられるだけで済むかもしれない。でも神崎さんは最初にも見た通り男の絡みには一段と厳しいことが分かっている。

適度な距離感だからこそ今はいい雰囲気で滑り出せたが、連絡先を交換して容易に話せる環境が増えるとそれだけボロを見せることになる。それで神崎さんに嫌われてしまっては本末転倒だし、これからの状況が悪くなってしまう。

「だ、だめでしたかね……。すみません、まだ始まったばっかりなのに」

あかん、またこのタイプだ。引けばこうなるし、受けたら受けたで失敗するしどうしたらいいんだ……。

でも、奈月はいじけるだけで済みそうだが神崎さんは本気で落ち込んだりしそうだ。

そんなことを思うと自然と言葉が出てきた。

「そんなわけない！　神崎さんみたいな優しい人なら喜んでだよ」

「ありがとうございます」

すごく嬉しそうな顔をする神崎さん。可愛すぎる。

俺はロッカー室まで行って置いておいたスマホを取り出して神崎さんのところまで戻った。

「あ、あの。ほかの男の人には教えないでください……。あんまり色々知らない人に連絡先が伝わって連絡飛んでくるのが怖いので……」

「ああ、そのあたりは大丈夫だよ」

今の瞬間、初めてボッチでよかったと心の底から思った。

こうしてあいつのほかにもう一人神崎さんという可愛い女の子の連絡先を俺は知ってしまった。

過去の経験上、プライベートまで聞いたり話したりすることに関してはよくよく考えなければならないだろうが、たとえ実習の話だけでも出来たらとても有意義だろうなと思った。

9話 繊細さがある女

俺は実習を終えて帰宅すると、そのままベッドに倒れ込んだ。

「さすがに疲れた……」

神崎《かんざき》さんはいい子だったのだが、やはり神崎さんと打ち解けるまでの妙な緊張感にかなり精神をすり減らしていたのか相当自分の体が参っているようだ。

神崎さんじゃなくて気の合わない人とペアだったら格段に疲労感は増して、これからの実習活動に絶望していたことだろう。

考えれば考えるほど神崎さんがペアでよかったと思う。

明日からは肉体的疲労はその時の活動内容によるが、精神的疲労はかなり楽になっているとは思う。

「あいつかなりペアにイラッと来ていたけど、大丈夫かな……」

いつも俺の隣にいるあの生意気な女はかなり実習中ペアの男子にイラついていた。というかああいう表情を意外にも初めて見たかもしれない。ペアがマウスを触るのにかなりビビっていた様子が気に入らなかったらしい。

まぁいくら噛《か》むかもしれないとは言っても男子で小動物に怯えるっていうのも情けない話なので気持ちは分からなくもないけれども。

女の子が怯えるということなら全然仕方のない話っていう風に思えるんだけれども。

最近の男の子は昆虫など生き物嫌いがかなり深刻らしい。カブトムシやクワガタがゴキブリと何が違うのかという認識らしい。昆虫として共通している足が六本、光沢のある黒い体が嫌なのだとか。

そんな世の中になっているので生き物に怯える男子が多いのも頷《うなず》けるが、個人的には男としてちょっとどうかとは思うけど。

「お」

そんなことを考えていると、スマホから聞きなれない音が聞こえる。着信音だ。ただでさえボッチな上にその数少ない連絡はメッセージアプリの俺からすればとても久々に聞いた音だ。

「もしもし」

『あ、私。メッセージアプリの無料通話からかけた』

「お前かよ。メッセージ送ったらいいだろ」

『言いたいことがありすぎて電話かけた。話聞いてよ』

かなりイライラが募っている様子。話を聞いてみることにした。

どうやら彼女のペアは動物の一件以外にも、レポートの課題も全く考えず彼女が苦心して書いたものを丸写ししかしなかったとのこと。その上、片付けもせずにぼーっとしていたらしい。

はっきり言って、たまにいる。ペアになると自分だけが苦労しなければならない〝外れ〟を引いてしまったようだ。

『こんな相手と二ヵ月間も実習同じとか無理!!!!』

「そう言うな。ほかの分野の活動の時ならお前のとこに行って教えたり手伝うことが出来る機会もある。その時は助けるから我慢しろ。そんなことで自分の成績落ちたらしょうもなさすぎる」

『そうね……。なんだかそっちは円滑みたいじゃない？　すっごく楽しそうにやっているのが位置的に嫌でも視界に入るからそれもイラッと来るんですけど』

なぜに俺たちまで怒りの対象にされているのだろうか。何も悪いことをしていないのだが……。

『ペアの子、めちゃくちゃ可愛くない？』

「ああ、めちゃくちゃ美人で驚いた。早速軽く男子に声かけられていた」

『そして君もそんなあの子にデレデレしちゃってたし……バッカじゃないの』

　珍しく俺に毒を吐いてきた。今までイタズラやおちょくる言葉しか出してなかった彼女がかなり荒れているせいか毒まで吐き出した。

「まぁ、美人だし頭もいいし助けられっぱなしだったのは認めるけども……。可愛いからデレデレしたっていう話ならお前の時もそうなったし……」

『嘘だ。最初から鬱陶しそうにしてたくせに……。いいんだ、私はどうせ邪魔な存在ですよーだ』

　かなりいじけている。本当に色々と精神的に疲れてしまったのだろう。

「邪魔だったらお前が隣にいることを俺は許したりしてねぇよ。お前がいるのがいいから今もずっと隣いるんだろ」

『……』

「辛《つら》いかもしれないけど頑張ろうぜ。レポートも今日はその日のうちに実習室でしなくちゃいけなかったけどこういうケースは珍しい。大抵は家に帰って設けられた期日までにやって提出なんだから一緒のグループってことを生かして一緒にやろうぜ」

『……うん』

「あとしんどかったら教員を呼んで助けてもらったらいいさ。それで減点にもならんし、一人で考えて分からんままやるほうが失敗する。絶対に教えてくれるか助けてくれるから遠慮なくそのカード使っちまえ」

俺も過去の実習の班でろくでもないやつがペアになって苦労したことなど大いにある。そういう時は一人でやるんじゃなくて教員に遠慮なく相談するのが一番早い。

教員が近寄れば、サボるやつや考えるのを放棄しているやつ、楽しようとしているやつも仕方なくでもやる。

そういうやつは数年後の実務実習前にある実技試験で必ず痛い目に遭うのでその時にざまぁみろでいいのだ。いちいち自分たちが影響されていてはたまらない。

「実習終わったら話は聞くからいつでもかけてこい。いくらでも話聞いてやるから。だから実習中だけは頑張って耐えろ」

『うん』

声色からして大分落ち着いてきたな。疲れているだろうし、こういう時は早く寝てもらうのが一番いいと思う。

「疲れているだろうし早く寝ろ。明日の午前中また講義中か休み時間にでも話を色々してくれ。アドバイス出来ることもあるかもしれないしな」

『うん、分かった』

「よし、いい子だ」

『ごめんね。疲れているのにいきなり電話した挙げ句、色々当たり散らして』

「いんや。お前がそれぐらい辛かったってことが分かったよ。お疲れさん」

そうして通話が切れた。

「あいつもあいつで結構大変だな……」

いつも無駄に元気で悩み事とか消極的負の考えなどしないような生き物だと思っていたが、そうでもなく意外と繊細らしい。

でもそういう自分の気持ちに余裕がない時に話をしたいなという相手に俺を選ぶあたり、俺のことを信用してくれているのだろうか。

そうだとしたらもう少し彼女に寄り添ってあげてもいいかもしれない。

……まぁ甘やかしたらいつものお調子者状態になりそうだから、様子は見ながらだけど、今日の様子を見ていたらもうちょっと寄り添ってもいいかなと俺はぼんやりと考えた。

10話 肩の重み

朝。昨日と変わらず早くから目覚まし時計が鳴り響く。それを止めてはまたスヌーズ機能で鳴り響くアラームを止める。

それも昨日と同じように何度も止めながら少しずつ起きる。

「今日さえ乗り切れば、今週は終わったようなものだぜ……」

今日は木曜日。毎週実習は火曜日から木曜日まである。月曜と金曜は講義だけであるために、木曜日さえ乗り切ればもうその週の山場は越えたようなものだ。

俺はスマホを取ってあいつに電話をかける。きっと昨日の疲れが出て熟睡しているところを起こすのはかなり可哀想だが、残酷にも木曜日の一限目の講義はしっかり出席点が成績に反映されてしまうので、起こすしかない。

『お、おはよ……』

「おはよう、しんどいかもしれんけど起きろよ。今日は出席点がある講義だからな」

『はーい……』

昨日と違って今日はすぐに起きたようだが、声色からして相当辛そうだ。無理もない。木曜日というものは精神的にも一番疲労がたまっている曜日だろう。みんな同じだと思うけど、金曜は明日から休みっていう勢いで行けるものだと思う。

それに昨日の一件もあって今日の実習はかなり億劫《おっくう》だろうしな。

まぁ、彼女のことを色々考えても目の前に今いないのでとりあえずいつも通り俺も朝の支度をする。俺のほうはごくごく普通で何も変化はない。

食欲のない中で無理やり菓子パンを口に押し込んで、情報番組を横目に身だしなみを整えて時間になったら家から出て大学に向かう。いつものスタンスである。

大学というものは広大な面積を保有しており、大きな建物だけではなくグラウンドとかもたくさんある。朝練に精を出す学生も多い。

高校時代から思うが、よく朝早くから頑張れるなと本当にうらやましくかっこいい。あれぐらい活動的になりたいが、心がすでに怠惰に侵食されているので無理でした。

教室に入ると、すでにたくさんの生徒が席についている。さすがに出席点がある講義は参加率が圧倒的に違う。普段講義に来ていないサボりがちなやつでもしっかり来ているからな。ちなみにこういう講義にすら来なくなり始めたらそいつは間違いなく留年です。お疲れ様でした。

出席点がいかに大事かということを簡単に説明すると、60点以上で単位が取れるとする。たとえ成績の10%だとしても全部出ていれば、テスト最悪56点でいいからね。これはでかい。

たまに出席点とか提出物の平常点で30%とかあるのでそういうものを確実に取れば最悪テスト43点で単位取れるっていうね。逆にその30%が全くない状態でテスト受けて単位取るなら90点近く取ってやっと最低ラインの単位評価しかもらえんからね？　バカにしたら本当にまずい。大学これから行く若き人は頑張って講義を受けに行きましょう。

「おはよ……」

「おう、よく頑張って来たぞ」

彼女は眠たそうに眼をこすりながら俺の隣にいつも通り座った。やはり疲れが抜けきってはいない。

ちなみに出席カードは、寝ていようが遊んでいようが講義している教室にさえいればばくれます。お金払って入っている生徒をなかなか叱責出来ない世の中なので。

そしていつも通りつまらない授業が始まる。大学の講義に楽しいものはあまりないと言い切っていい。楽しい講義があるならその教授さんはかなり優秀です。

そして前も言ったが、平常点のある教授に限って授業がつまらなく全くテストに直結しない実りのない授業なのだ。

そして講義が始まって10分ほどすると、出席カードが配られてきた。名前と学籍番号を書き込んでマークする。

「よし」

これで今日の講義分の平常点を獲得したことに満足していると、肩にトンと重みを感じた。

「ん？」

隣を見ると彼女が眠っており、ぐらついた拍子に俺の肩にもたれかかったようだ。本来ならそこで目を覚ますだろうが彼女は覚ましそうもなく、すぅすぅと寝息をたてて眠っている。

「……話を聞くというのはこの講義中は無理そうだな」

早く寝ろと言ったのだが、彼女はどうやら遅くまで起きていたようだ。

この状態のままいるのは俺が変な体勢でいる必要があるので辛《つら》いが、とても動かす気にはなれない。

それはなぜかというと彼女が遅くまで起きていた理由が分かってしまったからだ。

「頑張ったな」

彼女のカバンから少しだけ飛び出したクリアファイルには、今日やる実習の内容の確認と分からないところや質問したいことが丁寧にまとめられていたのだ。

彼女なりに何とかしようと苦しい中、昨日のうちに予習をしっかりと頑張ったようだ。

本当だったらもう嫌で適当になってしまいそうなところだが、負けずに頑張ったのだ。

俺が彼女の立場ならすっかりさじを投げて諦めていたことだろう。講義中ではあるが、頑張ったのだから少しぐらい寝ていてもいいだろう。

隣に俺がいる——。その事実を彼女はうまく利用しているということでいいのだ。

俺は彼女の出席カードを取ると、名前と学籍番号をマークしておいた。マークは機械で読み取るので、筆跡は問題ない。

マークし終えると、俺の出席カードと重ねて置いておいた。

その後、体勢は辛いながらも彼女の頭の重みを肩で感じながら静かに講義を聞いた。不思議だ。いつもはうるささで彼女の存在を認識していたが、今日は一人でいるように静かなのに肩に重みを与えることで隣にいる存在を主張してきてやがる。こいつは俺に何か負荷を与えないとダメなのだろうか。

そんなことを思いながら、黙々と一人でいた時のように講義を受けた。珍しくこの教授がポイントみたいなことを話していた。あとでこいつにも教えてやろう。
……俺の肩で幸せそうに寝やがって。本当に調子が狂うんだよ。
俺は一体どこまでこいつに調子を狂わされたらいいのだろう。
……それも悪くないけどさ。
シャーペンの丸まっている頭のところで頬をついてみた。微妙に反応して可愛かった。

11話 おかしなやつ

「はい、本日はここまで。今日も出席カードがあるから忘れずに教卓の前に出しておくこと」

　隣で寝ているやつのことを気にしながら講義を受けているとあっという間だったような気がする。

　幸せそうに寝ているこいつを起こしたくないという気持ちが講義を早く終わらせたような錯覚を巻き起こしているのだろうか。

　可哀想だが、肩から頭を上げてくれないと出席カードを教卓に持っていけないので起こすことにした。

「おい、ちょっと起きてくれ」

「んー……。あ！」

　慌てて勢いよくバッと彼女は頭を上げて起きた。

「寝ちゃってたよ……しかも君の肩にずっともたれかかって寝てたの？」

「約75分間幸せそうに俺の肩で爆睡していたぞ。おかげでこっちは肩が死にそうだぜ」

やっと肩が解放された。なんかよく分からない感覚になっているのでグリグリと肩を回した。

「ご、ごめん……」

「いいって。今日珍しく講義のポイント話していたからメモしてあるところを今のうちに写しとけ。俺は出席カード持って行くついでに売店行ってくるから」

「う、うん……」

俺は教卓に積み上げられる出席カードの山に二人分の出席カードを出すと、そのまま教室を出て売店に向かった。

今日の昼ご飯と飲み物とあいつにあげるお菓子を適当に買って戻った。

俺が教室に戻って席に帰ってくると、俺のテキストを開いて今日の講義でメモっておいたことを真面目に写していた。

「ごめんね。肩重かった上に出席カードの面倒やテキストのメモまで……本当に私、邪魔になっている……」

「あのなぁ……。邪魔だと思ったら75分間も自分の肩でおとなしく寝かしたりするか？

邪魔ならもたれかかった瞬間、肩を跳ね上げてお前の顔にアッパーを喰《く》らわせて真上に打ちあげているさ。逆に邪魔って思ってないって証明出来たんじゃないか？」

「……」

「それに、さじを投げずに随分色々と今日のために自分でやれること一生懸命頑張っているのにそんなこと出来ねぇよ」

「……あ、ありがと」

初めて彼女が顔を少し赤くしながらうつむき加減にそう言った。

そんな話をしていると、次の講義の教授が教室に入ってきてすぐに講義の開始を知らせるチャイムが鳴る。

この時間の講義は緩いので、彼女にお菓子を渡す。最初はちょっとした恩を感じてお菓子を買ったのだが、今日は随分と意味合いが違っていて自分でも苦笑いが出る。

先ほどよく寝たおかげか彼女も元気になった。そこでお菓子をつまみながらぼちぼち話を聞くことにした。

「そんなにひどいのか、ペアのやつ」

「うん。昨日話したこと以外にも終わってさっさと帰ろうとしたのに声をかけてきてさ。何事かと思ったら『可愛いね。連絡先教えて』だって」

「想像以上にクズだった……」

そのほか色々と昨日の数時間の実習活動だけでクズさが発覚していたようだ。

その話を聞くと改めて彼女はよく一人でも頑張ろうとしているなと感心した。

「はぁ、改めて君と一緒に実習出来たらどんなに幸せだっただろうって思っちゃったよ」

「……」

その言葉は、最初の一緒になればいいという言葉とはあまりにも重みが違いすぎて。自惚《うぬぼ》れかもしれないが、本当に心の底からそう願っているのだろうと感じる。

「……昨日の実習を見る限りちょこちょこみんなほかの実験机の班の仲いいやつのところに顔を出したり、声掛けしているみたいだったからさ。俺もお前のとこに定期的にちょっかい出しに行くわ」

「うん」

「俺が行けない時で辛《つら》い時は教員に声かけまくれ。それで何とかなる。あと同じ実験机の中で誰か頼れそうな女の子作るといい」

この問題に関してはあまり俺の中で助けてあげられないのがもどかしかった。彼女には対応策のアドバイスを何個かあげるくらいのことしか出来なかった。

「ふふ、ちょっかい出すとか言われてなんでこんなに嬉しくなるんだろうね。私ってやっぱりおかしいのかな」

それでも彼女の顔は嬉《うれ》しそうに笑みいっぱいで。

「ああ、本当におかしなやつだ」

こんなにも可愛くておっちょこちょいでイタズラで頑張り屋で。こんな女がなぜ自分の隣にいてこれほど俺のことを頼りにするのだろう。

そんな彼女が最初は鬱陶しかったのに、なぜ俺はこんなにも彼女のことを考えることに充実感を得ているのだろうか。

本当におかしなやつだ。俺もこのおかしなやつに影響されてだんだんとおかしくなってきているのかもしれない。

「それも悪くないか」

「何が？」

俺がそんなことを思いながらぼそりと独り言を言ったが、その意味が当然分からない彼女は不思議そうにこちらを見ている。

「おかしなやつと一緒にいるっていうのが悪くないなって思っただけだよ、バーカ」

俺はそう言って彼女の頭をガシガシと撫《な》でた。

「やめてよ！　髪ぐしゃぐしゃになるじゃん！」

「今さらだろ。さっきまで俺の肩でゴロゴロしながら爆睡していたのだからもう髪崩れているだろうが」

俺はそう言って、彼女にやめてと言われたがしばらく続けてやった。日ごろのイタズラの仕返しだな。

俺もこいつにこんなことが出来るまでに仲が成長したということだろうか。

彼女の髪は触ると柔らかくていい匂いがした。いつまでも触っていられるようなそんな感触を味わうように途中からは優しく撫でておいた。

なぜかというと、ガシガシ撫でていたらだんだん本気で機嫌が悪くなりだしたので優しく撫でるようにしたら収まった。

女の人にとって髪は命だろうしな。あまり乱暴にしないことにしておこう。

今日の実習を乗り切れば、週末がやってくる。今日も終わったら電話の相手がいつでも出来るように準備しておくことにしよう。

彼女が午後もうひと踏ん張り出来ますように。

12話 セクハラと思いやりは紙一重

今日も午後は実習活動である。今日は昨日四塩化炭素入りオリーブ油を投与したマウスのお腹《なか》をU字に切開して、動脈か静脈から血を採取しないといけない。

最初の週からこれやるっていうのがなかなかハードだが、やらないと次には進めない。

こういうことをいざやるとなると、やはり手術をしている医者の人ってすごいと思う。

今回自分たちは命を奪うことになるが、本来はそれで人の命を救うのだ。本当に尊敬する。

実習室に来ると、昨日よりも早く多くの人が部屋に来て準備をしている。その顔には緊張感がある。

命を扱うということはそういうこと。当然あってしかるべき緊張感だ。

自分の席まで行くと、すでに神崎《かんざき》さんが席についている。顔は当然緊張感に包まれており、顔色もあまりよくない。

「佐々木《ささき》君、今日もお願いしますね」

「おう、サポートするから肩の力は抜いてな」

「はい」

何度もテキストに目を通して作業は確認してきたが、それでもここに来てもう一回テキストに目を通す。

命を扱うということもあるが、採血するには迅速な行動をしないといけない。起こりやすいトラブルもまとめられているので対処法をしっかり何度も見直す。

神崎さんを助けるという意味でもそうだが、俺だって初めてやるからミスはしそうな気がするので絶対に頭に入れる必要がある。

「まずいな、昨日テキストに穴が開くくらい確認したのにそれでも頭から飛んでいきそうだ」

「私も同じです。と言うか私は絶対に飛ぶのでよろしくお願いします」

そんな話をしながら、緊張感と闘いつつ開始までテキストに書いてある作業内容の確認を神崎さんと一緒に行った。

するとあっという間に開始を告げるチャイムが鳴って実習指導する教員が部屋に入ってくる。いつもならばチャイムが鳴ってもしばらくざわついているが、今日はしんと静まり返っている。

「今日はマウスを切開して下大静脈から採血をしてもらう。最初に解剖台に固定するための固定ひもの結び方をここでやるのでまねてそれぞれ一人二つずつ作りなさい」

このひもの作り方に関しては俺が神崎さんのお世話になった。手先が不器用なのとやっていることの意味が分からなくて、神崎さんに手を取ってもらいながらやっとのことで作ることが出来た。

「はぁ、やっと出来た……」

「ふふ、佐々木君でも苦手なことあるんですね」

神崎さんが面白そうに笑っている。ちょっとでも緊張感がほぐれたなら、恥をかいてよかったたか。

「次に昨日と同じくペントバルビタールを体重に対応した量投与して眠らせてもらう。これは昨日も行ったことなので問題ないはずだ」

しかし、それは何度もそういうことをしてきた教員だからこそ言えることであって皆緊張で手が震えたりするのでなかなかうまくいかないもの。

「もうこの子が起きることはないんですね……」

その言葉だけは言ってはいけないと言おうと思ったが、その神崎さんの顔を見ていたらとても言う気にはならなかったので聞こえないフリをしておいた。

きっと皆同じことを思って緊張しているに違いないからな。

「よし、なんだか異常に時間がかかったが眠ったようだな。今から解剖作業をしている映像を見てイメージをちゃんと摑《つか》んでおくこと」

スライドに映される解剖作業の映像。みんな声は出していないが、表情はなかなか苦しそうだ。

「では、一人ずつやってもらうのでやっていないほうのペアはやっているパートナーのサポートをきちっと行うこと」

その教員の言葉を皮切りに作業開始といきたいところだが……。

かなり苦しそうにしている。ほかのところでもそういう人は男女問わず見られる。

「神崎さん大丈夫？」

「だ、大丈夫です……私も佐々木君みたいに頑張るって決めましたからね」

「俺が先やるから、ちょっとずつ休みながら観察して」

「はい」

解剖台にマウスを固定してお腹にU字に解剖はさみの刃を入れる。

「よし」

解剖して下大静脈を見つけたら、事前に注射の針を静脈の方向に合わせて角度調節したものを刺し込んで採血する。

それが採れれば、無事終了である。

何とか指示された量よりも少し多いくらいの血を採ることが出来た。

「おけ。終わったよ」

「お疲れ様です。私も……大分落ち着いてきました」

「よし、じゃあゆっくりやっていこうか。焦らなくていいから」

「はい」

マウスの腹に刃を入れる時は想像以上に深く入れないと脂肪と皮膚でなかなか切れない。

これが最初の関門。神崎さんに出来るだろうか。

「……」

神崎さんは無言で、しっかりと刃を入れて作業を進める。

体が震えているので神崎さんの様子に細心の注意を払いながら俺も静かに見守る。

そして順調に下大静脈から採血を行うところまで来た。

「ほい、注射器」

「あ、ありがとうございます」

しかし、神崎さんの手の震えはかなりのもので注射の針がうまく下大静脈に刺さらずに採血が出来ない。

「ど、どうしたら……」

「血があふれても大丈夫、あふれた血を出来るだけ回収すればいいから落ち着いて」

実際のところ針をうまく刺して採血するってかなり難しい。大体全体の半分以上が一回失敗して血があふれるので対策もちゃんとテキストに書いてあった。

「と、採れました……」

「量も十分だな。お疲れ様」

「ありがとうございます。佐々木君が支えてくれたおかげでうまくいきました」

「俺は何もしてないけどな」

「そんなことはありません。心配そうに私の背中ずっとさすってくれていたじゃないですか」

「え？」

ここで初めて俺は左手が神崎さんの背中にしっかり触っていることを知った。とんでもないセクハラである。

「ごめん……！」

「き、気が付かなかったんですか……？」

「無意識だな……申し訳ない。こんな緊張している時にひどいことして」

緊張状態に乗じてセクハラしたとしか思えない。超悪質なことをしていると自分でもはっきり自覚出来るくらいで申し訳なくて恥ずかしくなった。

「いえ……。本当に心配してくれているんだなって分かりましたから……。その……嬉しかったです」

神崎さんはそう笑顔で言ってくれたが、申し訳なさで何も言えなかった。

あいつと神崎さんとの関わり方の距離感は全く違うので、神崎さんと関わる時は気を付けなければならない。

そう言えば、あいつはうまくやれているだろうか。周りが落ち着いたら少しあいつのところに行かねばならない。

13話 オーバーラップした神崎さん

今回採血したものを今後の検体として扱うことになる。

例えば採血されたものからの血清を用いて、A／G比の測定やAST活性の測定を後日行うのだが、ここですでに深い眠りに落ちている人もいるだろうから詳しい話はなし。

とりあえず、採れたこの血清を使って色々と調べるのがこれからの実習内容になるということである。

「こんなに大変な実習だったのにすぐにまた後々のことを考える課題をしないといけないのか……」

正直頭が回っていない。作業に神経を使ったのもあるが、神崎《かんざき》さんに対する一件で俺は完全に冷静さを失っている。

正直まともな答えを導き出せそうな気が全くしない。

とりあえず今週の実習は今日で終わりなのだから、週末に各自考えてくるようにということで撤収ではいけないのだろうか。

「今日も昨日みたいに役割分担、という形で行きますか？」

「そうだね、そうしよう」

せめてもの救いは神崎さんが気にしていなさそうにしているところか。

使った器具はチェックを受けるためと、使い捨てのものはちゃんと分けて処分しないといけないので洗浄した後教員前の実験机に種類ごとに提出することになっている。

（頃合いを見てあいつが行く時に偶然を装って接触するか……）

多分あいつが教員前に行くことがあるので、どこかのタイミングでさらっと合流して少し声をかけようと作戦を立てている。

そんなことをしなくても今周りを見回すと片付け中はみんなリラックスしていて少し話をしたりしているのだが、俺は油断しない。

なぜか俺にはマイナスの運のスキルが付いている。軽いノリでみんなと一緒にしたら俺だけ目をつけられて怒られて周りのやつは「ああ、俺たち怒られなくてよかった」って顔しているもんな。あれ何なのよ、マジで。

そういう苦い教訓も含めてどんなことも慎重に慎重を重ねた行動が求められている。

ちらちらとあいつの様子を確認しながら片付けを行う。案の定、彼女の顔は相当な負の感情でおおわれている。あいつをあんな顔に出来るほうが逆にすごいのだが。

まぁ今日の実習の内容を考えるとそちらの面でも精神的に持っていかれたということかもしれないが、とりあえず彼女に話を聞いてみなければ。

「佐々木《ささき》君？」

「う、うん？」

「どうかしました？　さっきからキョロキョロしていますけど……」

「なんでもないよ。ごめんね」

あんまりおかしな行動をしていると教員だけでなく神崎さんにも不審感をさらに抱かれてしまう。ただでさえ今日一つ前科が付いたというのに。

そんなことを思っていると彼女が使用済みの注射器を回収して専用のボックスに向かったので俺も後を追うことにした。

「神崎さん、ちょっとゴミを捨ててきます」

「はーい」

ちょうど活動している生徒の様子を教員は巡回していたために、廃棄ボックスの前には教員はいない。完璧な接触タイミングだった。

「おい、大丈夫か」

俺がそう声をかけると、彼女はパッと顔が明るくなった。そして俺の肩を肘で小突きながら嬉《うれ》しそうにしゃべり始める。

「私が席を離れた瞬間、急いで飛び出すように私のとこに来ちゃって。なんだかんだ言いながら、私の隣にいたいから来たんじゃない？」

いつものような煽《あお》り口調が出る分、今日は少し余裕があるのだろうか。

「そうかもな。寂しくて泣くかもしれないから、実習終わって家に帰ったら電話して来いよ。約束な」

「して欲しいの？」

「ああ、そうだね」

「ならしてあげる」

別にこんなことを言わなくても電話くらいかけてきそうなものだが、昨日荒れていたことを彼女自身大分気にかけているようなので、これくらい言っておかないと我慢しそうだ。もうこいつの前で意地張ってもどうしようもないからね。まぁ張るような意地もないんだけれども。

「今日もあと少し。もうちょい頑張れ」

「うん、あとは教員の力借りる」

「おう、そうしとけ」

彼女とはそれだけ話をすると、俺たちは持ってきた使用済みの注射器を専用の廃棄ボックスに入れてそれぞれ自分たちの班の場所に戻った。

「おけ。片付けこっちは終わったよ～」

「お疲れ様です。こちらも課題を終わらせたので、ゆっくり消化していきましょう」

相変わらずの速さである。さすが優等生。

俺は椅子に座ってまずは自分でテキストの課題と向き合って自分で解いてみる。丸写しだけはダメだ。そもそも教員にバレて減点されてしまうし、何よりも自分で理解出来ないとこれから困ることになる。

しかし……。

（ダメだ……。全然集中出来てねぇ）

神崎さんが隣で見ているというだけで相当心がざわついている。それは恋心とかそういうものではなくて先ほどの行為に対する罪悪感である。

問題の意味もよく分からない。早く解かないと、神崎さんは出来ているのに帰りが遅くなってしまう。

セクハラはするし、実習の足は引っ張るしこのままじゃ……。

そんなことを心の中で思い、必死に自分の中で闘っていると――――。

「いいですか、佐々木君。ここはですねぇ……」

「ちょっと、神崎さん⁉」

神崎さんが俺の隣にぴったりとくっつくように近づいてペンを持って俺と一緒のテキストを覗《のぞ》き込んだ。

神崎さんの体が俺の主に左腕に当たる。なんでそんなに至る所が柔らかいのでしょうか。俺とは違う物質で出来ているのでしょうか。

先ほどの心の焦りや葛藤はどこへやら、体の左から伝えられる感触に体が緊急情報を発している。体がこわばって動かなくなった。

「分からないところを私がしっかりと教えていく。これで相殺ってことでいいですよね？」

神崎さんは俺の耳元でそう言った。俺の後ろめたさに気が付いていたのだろうか。

「そ、相殺って……。そもそもそういうことじゃなくって！」

「気にしていないことをいつまでも悩んでいる佐々木君が悪いです。佐々木君を見ているとなんだか私がいじめているような感じで……」

いやある意味今、いじめていますけども！

「だから、もっとしっかり私が助けていけるところは全部助けちゃえばいいのかなって」

「……」

全く問題の解決になってはいないが、とにかく神崎さんが気にしていないということが分かったのでそこにはホッと一安心した。

「では、おとなしくこの状態のまま聞いてもらいましょうか?」

「はい……」

結局自分の言葉でこそまとめたものの、ほとんど神崎さんの力を借りてしまった。偉そうに写すのは～とか言っていたのに恥ずかしい。

なんだか神崎さんに後半は支配されたようで、家に帰った時にはどっぷりと謎の疲労感に包まれていた。なぜか左腕が異常に筋肉痛である。

「でも、悪くねぇな。ああいうのも」

14話　女を弄ぶのは色々と危険

俺が神崎《かんざき》さんからのまさかの攻撃を受けて全身がいつもと違う疲労感に襲われてベッドに転がっていると、置いていたスマホが自分の机の上で暴れ始めた。

「あいつのほうも終わったか」

俺はベッドから這《は》いずり落ちるようにして降りてそのまま這って机まで向かってスマホを取って電話に出る。自分の部屋の中じゃ怠惰を極めている。

「はいよ」

『出るのおっそい！　すぐに出てよ！』

「はいはい。で、今日は何とかなったか？」

『うん。今日は声かけてくれてありがとう、すごく嬉しかった』

「そうお前に言ったしな。そこは問題ないってことよ」

『いや、大ありでしょ。こっちばっかり見すぎて君のペアの子超不思議そうに見てたよ。

もうちょっと自然に出来ないわけ？』

どうやらこいつから見ても明らかに不自然だったらしい。そりゃ神崎さんも違和感を覚えて声をかけてくるに決まっている。

マジで今日の俺見たら大半の女子は引くはずなのだが……神崎さんの優しさはやはり神か仏に思えてきた。この疲労感も神崎さんの優しさから生まれたものと思うとすげぇ尊い。

『まぁ……それだけ私のこと心配してくれたのは分かったけどさ……』

「ならいいだろうが、贅沢《ぜいたく》を言うな」

『さりげない優しさが女の子に対して必要だというのに……』

「問題です。そんなことが出来ていたら、俺はボッチだと思いますか？」

『あっ……』

そこで「ノー」とか最悪「ざっこw」とかでいいので言って欲しい。本気でしまったみたいな声を上げないで欲しい。マジでそっちのほうが傷つくんですけども。

「はぁ……電話切ってもいい？」

『いやいや！　本気で萎えないでよ！』

「どうせ俺はずっと冴《さ》えてませんよ……」

『そんなことないってば！』

こいつがしばらく本気で慌てていたのでちょっと面白くて、そのあともうちょっとこの状態を続けたら今度はこいつがだんだんいじけだしてしまった。

「ごめんって」

『どうせ私は性格悪い最低な女ですよーだ』

自分で言いたくないけど、俺たちこういうマイナスなところはめちゃくちゃ似ているのかぁ……。せめてもっといい面で似ているところがあって欲しかったな。

本当はこんなやつとどこも似たくなんてないんだけれども。あ、容姿ならウェルカム。今からでもイケメンになれるなら俺は異世界転生でも転移でもなんでもする。

俺だってイケメンで高校時代までに可愛い女の子といちゃつけてれば、こんな陰キャ人生などではなかっただろうしな。イケメンなどこの世から消えてすべてマイマイカブリになれや、ちくしょう。

「はぁ、よし分かった。今週、本当に頑張っていたから俺に出来ることなら何でもするから機嫌直してくれ！」

『ん？　何でも？』

「金銭要求とかしたらマジでぶっ飛ばすからな」

『それ何でもじゃないじゃん……ま、どうせたいして金持ってなさそうだしそんなこと要求なんかしないけどさ』

昨日から思うけどこいつ機嫌悪くなると、毒舌キャラにでもなるわけ？　マジで毒舌ストレートに回転数が増しているんですけど。

『そうだなぁ、週末一緒に遊んでくれたらいいかな』

「遊ぶ？　漠然としすぎだな、もっと具体的に頼む」

『遊びに行くか、どちらかの家に集まって遊ぶとか……』

「どちらの家に集まって遊ぶ……だと⁉」

こいつは何を言っているのだろうか。前者はいい。ごくごく普通に見受けられるリア充の光景だと思う。その一人になれてやったあああって言える。以上。

しかし、後者はどう考えてもアウトだ。大学生の異性二人だけで集まって遊ぶ？　ナニをするんですかねぇ？

「こ、後者はダメだろ……さすがに」

『なんで？』

「なんでってお前な……」

本当にこいつ分かっていないのか。いやそんなことはさすがにないだろう。ちょっと一緒に大学にいたくらいでひょこひょこ他人の男の部屋に来ようっていう考え方をするこいつの頭が心配になる。

この常にボッチの男ですら、周りの品のない話が大きな声で聞こえてくる中でなかなかえげつない話を聞いて知っているくらいだというのに……。

もしかして、やはりこいつは最初に想像した通りそういうことに抵抗があまりないタイプか……。

『……変なこと想像したでしょ』

「しないほうがおかしいだろ？　お前って今までそんなノリで男と関わっていたわけ？　体を大事にしろよ……」

『……いや、今まで男の部屋なんて行ったことないから』

「そうかそうか、とりあえずどっか遊びに行こうぜ」

『絶対に信じてないな、これ』

いや、信じられるわけがない。そしてあまりその話とそこから始まる想像を広げたくない。話している女が抱かれまくっていると考えるだけでなぜか謎の大ダメージを心に受けている。これ気持ち悪い童貞の発想ってやつ。笑ってくださいよ。

「どこ行く？」

『やだ、君の家行く』

「いやいや……」

部屋をぐるりと見回しながらその彼女の要求を拒否してみた。今は特に散らかっているとか見せたくないものがあるとかいうわけではないが、なんだか女に部屋を見られるとなると落ち着かない。

『出来ることなら何でも聞くんでしょ？　これはさすがに出来るだろうし引かないから』

しかし、彼女は一歩も引くことなく俺に要求を突きつける。ダメだ、こいつの機嫌を悪くした俺の失敗だ。

「……わーかったよ。それで」

『やったぜ！　これで昼飯と晩飯代も浮くぜ！』

「飯まで世話になっていくつもりかよ!?　どれだけおこがましいやつだよ！」

『女の子には……なんでしたっけ？　今日の大事な話の主軸をもうお忘れですかね？』

「くっそ……安い飯でも文句言うなよ」

『いえーい』

ダメだ、こいつと交渉とかすると間違いなく呑《の》まれる。大抵いつも話をしていてもこいつにペースを持っていかれているあたりで学習していない俺が馬鹿なだけなのだろうけども。

『あ、あとさ』

「なんだ？」

『お互いにさ、〝君〟とかそっちに至っては〝お前〟か〝こいつ〟呼ばわりだし、そろそろちゃんと名前で呼ばない？』

そう言えば、こいつの名前知っているのにいつも呼んでない。今もこいつって自然と呼んでいるわ。

「じゃあなんだ、伊藤《いとう》とでも呼べばいいか？」

『名前でって言ってんだろーが』

「えー、じゃあ奈月《なつき》って呼べばいいの？」

『嫌そうに言われるのがすげぇむかつくけど、まぁいいや。私も健斗《けんと》ってこれから呼ぶからね。そこんとこよろしく』

「あいよ。じゃあ、明日の講義で週末のことについては伝えるわ。今日も早めに寝ろよ。疲れてるんだろうし」

『はーい』

そんなこんなで話が終わって電話が切れようとした瞬間だった。

『あ。名前で呼ぶことも決まったし家で遊ぶことも決まったし、お互いに名前呼び合っていちゃついているシチュで妄想して抜いていいぞ☆　出しすぎんなよ☆　じゃーね』
そのまま電話を切られたため、言い返す暇がなかった。
「……ぜってぇ安い飯食わせてやるこの野郎」
その夜は意地でも抜くことはしないと俺は固く決意したのであった。

15話

幼馴染？に煽られました

金曜日。その週の山場を越えて少し平和な朝を迎えるが、俺の朝の行動はいつもと変わらずに同じである。

朝早めに起きて電話で奈月《なつき》に文句を言われながらもたたき起こして、自分の朝の支度にとりかかる。

いつも通り一応テレビをつけて食べたくもない朝ご飯を無理やり口に詰め込みながら、俺は自分の部屋の中をキョロキョロと見回した。

「やっぱり、帰ったら掃除と整理しとこ……」

俺の目から見ればそこまで散らかっているわけではないが、高校時代まで実家の自分の部屋が汚過ぎて何度それで怒られてきたことか。そもそも部屋が汚かったやつの散らかっていないという感性ほどあてにならないものはない。

「今まで他人の物や空間さえ綺麗であればいいっていう感性で生きてきた男だからな」

自分で言うのもなんだがそんなに学校の掃除とかは億劫《おっくう》でもなかったので丁寧にやっていたし、人に借りたものは借りた時よりも綺麗じゃねっていうくらいには綺麗にして返すというマナーは守ってきたのに、自分の部屋は片付かない。どうしてだろうね。

「一階じゃないし、換気しておくためにも窓全開にしておこう……」

ダメだ。あいつが来たら、「臭い」か「汚い」とかしか言われないような気しかしねぇ。

こうなったらどこまでも掃除をすることにしよう。

そんなことを決意して俺はいつも通り大学に向かうべく、家を出た。

今日の大学は三限目までで夕方前には講義が全て終わるので、帰ってきたら速攻で掃除を開始することにしよう。

大学の講義は至って平和で、何事もなくごくごく普通に進んでいく。ただ、週末前ということや実習が始まったということもあってかなりの生徒がお疲れ気味なのかうとうとしている。

例によって奈月もどうせ寝ているのだろうと思っていたら、意外にもちゃんと今日は真面目に起きて講義を聞いていた。ま、でもそれが意味することは隣でただうるさくてイタズラしてきてそれはそれでうざいってことなんですけれども。

いつも通り奈月の相手をしながら講義を聞いた。こやつの扱いにも慣れてきたのか、こんな状態でも割と対応しつつある自分に少なからず呆《あき》れた。

奈月とは土曜日に大学の門の前で待ち合わせをしようということになった。「昨日は勢いで言っちゃったからやっぱりなしにしない？？？」とかいう言葉を期待したのだが、そんなこと言う様子は全くなかった。

こうして明日のことについて打ち合わせをして奈月と別れた後、俺は家に急いで帰って片付けを始めることにした。

家に着いた俺は、掃除用具を取り出して準備をした。

「よし、やろう」

準備も整って掃除にとりかかろうとした時、スマホが振動し始めた。

「あいつか？」

電話をかけてきた相手を見ると――――。

「ええ……」

奈月ではない。俺の高校時代で唯一まともに話していた〝知り合い〟からであった。

「もしもし」

『やあやあ、元気かなぁ。健斗《けんと》君よ』

出たよ、この煽るような口調。しかしこれがこいつの通常の話し方なのである。

『そんなあからさまに嫌そうな声を出すなどとは心外だなぁ』

「何の用だよ、梨花《りんか》。俺は今から自分の部屋を掃除するから何の用もないなら邪魔しないでくれ」

『おっと、あれだけ壊滅的部屋が汚かった健斗君が掃除とな？　一人暮らしは人を変えますなぁ』

品川《しながわ》梨花。俺の小学校のころからの〝知り合い〟。決して友達ではない。決して。

俺の人生は小学校まではたくさんの友達がいたのに、受験を経て気が付いたらなぜかこのよく分からない女だけがずっと俺と同じようなルートできた。

黒髪の超美人で見た目だけなら超お上品に見えるが、その印象とは合わない話し方と摑《つか》みどころのない性格。

摑みどころのない女と言っても奈月とはまた違うタイプで、奈月よりもさらに分かりにくい本当に何を考えているか未《いま》だに分からないタイプである。

ま、腹が立つことに俺以外の相手には理想の黒髪美女の品を漂わせていたのでこの性格は俺しか知らないのだろう。

「はぁ……」

「てめぇ暇なのかよ。大学が仮に暇なとこだとしても、バイトとか友達彼氏付き合いがあるんじゃないのかよ」

『おっと。うざいと言いながらも、この梨花様の彼氏事情にいきなり切り込んでくるとは君はやはり厭《いや》らしいねぇ』

「うぜえ。マジでうざい」

『君はそう言うがな、この私が彼氏を作るとでも思ったか？』

「……ないな。確かに」

梨花は超美人でいつも男から告白されていたが、とっても緩く断って誰とも付き合っていなかった。

いつも男の前では丁寧に断るくせに俺の前では「めんどくさーい」の一言だった。

『ま、君の告白すらも断ったくらいだしな！　あはは！』

「……だからお前のことなんて嫌いなんだ俺は」

『誰よりも俺が君のことを知っているからなんだっけ？　くふふ……』

「もうやめてくれぇ……」

梨花ほどの美人と一緒にずっといれば嫌でも惚《ほ》れてしまって、どんな男子よりも仲はいいしいろんなことを知っている。俺なら梨花と付き合えるとか思っていた時期がそう言えばありましたねぇ。思い出させんなよ、マジで。

『現実的に幼馴染で恋愛が成立するとでも思ったわけ？　ないって！』

あんまりラブコメの定石を否定するのはやめろ。どこかにそんな甘い話が……。もしかするとあるかもしれないし。

それに俺らは小学校時代からの知り合いだから、それって幼馴染っていうレベルではなくないか？　もっと小さいころから関わっていたらそうなんだろうけど。

「で、結局なんで連絡してきたんだよ。こんな俺の黒歴史掘り出すために電話してきたわけでもないんだろ？」

『おお、さすが幼馴染だ。ちゃんと話を戻してくれるじゃないか。実はだな……』

梨花の声が急に真面目になる。一体何があったのだろうか。何せ久々の電話だからな。メッセージのやり取りすらしていなかった相手だから電話ということはよほどのことなのでは――――。

『ただ電話してみようと思ったんだよね』

「……は？」

『いや、ただ元気にしているのかなって。それだけなんだけど』

「……おい」

『くふ、幼馴染（笑）の感覚、あてにならないねぇ』

「もう電話切るぞ！　こら！」

梨花からはこうやってたまに連絡がきたりする。基本的にこういうくだらないノリなのだが、たまにマジで大事な話だったりするのでいつもどちらか分からず振り回される。

奈月と梨花。俺はこうやってなぜ男を弄ぶ女との接点ばかり出来てしまうのだろうか。もっと神崎《かんざき》さんのようなおしとやかな女の子と知り合いになりたいものだ。なんか昨日神崎さんにすら弄ばれた感はあるけども。

……まぁ梨花のやつに忘れられてないんだなって思うとそれも悪くはないけど。

こうして俺は掃除をしながらしばらく梨花と雑談をした。二人で仲良くしていた高校時代に戻ったようでとても有意義な時間だった。

今度からは俺から梨花に電話をかけるのもありだな。煽られるから対策だけして挑まないけど。

16話 お酒には注意！

「入っていいぞ」

「お邪魔しまーす」

土曜日の朝、早速奈月《なつき》が遊びに来た。いつもは俺がちゃんと起こさないといけないのに、こいつ8時には行ってもいいかと連絡が来た。

さすがに10時くらいにしろと言っておいて今に至るわけであるが、やはり奈月は俺の部屋の中をキョロキョロと見回している。

「割と整理したんだねぇ……」

「昨日慌てて片付けたんだぞ。……どうだ？　結構気合い入れて長時間掃除したんだけどそれでも汚いか？」

「ううん、綺麗《きれい》なほうだと思うけど」

その言葉を聞いてホッとした。定期的に家に呼ぶくらいの友達さえいればいつも嫌でも掃除することになるし常に綺麗な状態を保てるのだが、ボッチの俺にはそんなこと無理でした。

　昨日だってあの後梨花《りんか》に煽《あお》られながらも掃除をしている間、ずっと部屋のドアを開け放って掃除をしたからね。マンションの部屋ってうまく風が通らないので、ご近所さんに変な目で見られることを覚悟でな。

「ってか、俺の家に来て何するわけ？　なんも遊ぶものねぇぞ」

「ふっふっふ。とりあえず色々持ってきたのだー」

どさーっと床に色々と持ってきたものを出してきた。カードゲーム、ＤＶＤ等々。割とチョイスがまともだった。

「ま、今日は外が無駄に暑いから飲み物でも出すわ」

「ジュースがいいー」

「あいよ、どうせそう言うだろうと思ったわ」

ということで俺は、昨日今日の昼飯と晩飯の材料を買いに行ったついでに買っておいた炭酸飲料を注いで出しておいた。

「ちゃんと分かっているではないか！」

「どうせわがまま言うだろうと悪い予測をされる時点でちょっとは反省しようという気持

ちはないのだろうか……」

そして少し落ち着いた後、カードゲームをした。ＵＮＯとかトランプを持ってきてくれたおかげで意外と二人でも退屈せずに時間を過ごせるものだなと思った。

「でさ……。それがね……」

「ほぉ」

何より、結局のところカードゲームがメインというか大学での話とかがメインになる。だらだら話をしながらするのが面白い。

その後、お昼ご飯にオムライスを作ってみたら思ったよりも評判がよかった。嬉《うれ》しそうに食べていたので悪い気はしなかった。

昼食後もただグダグダと過ごすだけだったが特に退屈で仕方がないということはなく、のんびりとした時間を過ごした。

自分一人でいると、休みの日はベッドに張り付いているだけなので誰かと遊びながら話すのも悪くない。

そしてあっという間に日も暮れだしたので、帰らすことも考えると早めに晩ご飯にすることになった。

「晩ご飯は何にするわけ？」

「これだ」

俺は奈月の目の前にある機械を出した。

「たこ焼き機……？」

「そう。鍋とかにしようかと考えたんだけど、もうここ最近かなり暑くなってきているし。好きな分だけ焼いて食べられるこういうのがいいかなって。どうせあんまり動いてねぇから腹空《す》いてねぇだろ」

「そうでもない」

「……」

一体その細い体のどこに食い物が収納されているわけ？　不思議で仕方がない。女性の体の細さに対する食事量についての関連性はもはや神秘の領域だと思っている。

「お前のことだからたこだけなのかとか文句言いそうだから、中に入れる物はたこ以外も色々用意しておいた。こういうのも自分で作るからこそ出来ることだぞ」

「へぇ」

俺が用意したのはたこ以外に、ズリやウインナー、かしわ、セセリ等。ズリとセセリはほぼ俺の好みだが、ウインナーにチーズでも入れたやつなんて奈月は好きなんじゃなかろうか。

「わーい、われはこのサプライズに大満足じゃー」

「んじゃ、ぼちぼち焼いていくかぁ」

生地を流し込んで、適当にぽいぽい材料を放り込んでいく。適当に入れると何がどこに入っているか分からないのもちょっとした面白さを呼ぶ。

焼けるまでの間に飲むものとして、奈月には炭酸飲料を出した。俺は買っておいたチューハイの缶を取り出して開けて飲んだ。

次の日が休みという時にたまに飲んでいる。親が酒豪ということもあり、俺もよっぽどのことでは酔わないことをパッチテストでも実証済みだが、お酒高いからね。たまに飲むくらいにしている。

「むー、私もお酒いるぅ」

「マジで言ってんの？　どこまでもわがままなやつだなぁ……」

安い時に買いだめして冷蔵庫に大量ストックしているし、大学三年生なら最短でも絶対に成人しているので構わないか。

「ほらよ」

「わーい」

俺はそんな軽い気持ちで彼女にまず一缶、適当なチューハイをあげた。

……まぁ、それが今日の俺の判断として最大のミスだったわけで。

「たはー」

「おいこら、しっかりしろや」

「動きたくない……」

「お前、これから家に帰るんだぞ！　そんな状態でどうするんだよ……」

「にゃあにゃあ」

「ダメだ……。こいつが酒に強いか弱いかちゃんと分かった上で渡すとかいう基本的なことを怠ってしまった……」

お酒を欲しがるものだから、そもそもそこそこ飲めるものだと思っていた。

その前になんだかんだチューハイの缶を結構な数開けられたからな。こんだけ飲めばこうやって酔うことがあってもおかしくはない。そもそもチューハイをあげすぎた俺の完全な失態だった。

完全にお酒に酔っているのか、ぼーっとしているし俺にゴロゴロ言いながら擦りついてくる。女の人として、酔うと一番危険なパターンだ。

酒に酔って男に擦りつくとか、女の人がお酒で失敗するケースで一番いけないことになりがちだ。

こいつ、今まで男の前で酒を飲んでいなかったのかが気になる。顔も可愛いし、男ならホテルに連れ込むことしか考えなさそうなものだ。

もし、それがなかったのであればこの経験をもとにお酒の量を考えて飲んで欲しいものだ。あげたほうが偉そうに言えることじゃないけども。

「ほら、しっかりしろや」

「うーん……離れたくないにゃあ」

そう言って俺の体にしがみついたまま、すやすやと眠り始めてしまった。完全に詰んだ。こうなると簡単には起きないし、起こしてもまともに家まで帰れないだろうしな。

「マジでどうしたらいいんだこれ……」

とりあえず、お姫様抱っこで抱えて俺のベッドに寝かせた。布団をかけてしばらく寝かせておくことにした。

幸せそうに眠る奈月の顔はとても可愛い。だからこそこんな状態にさせてしまったことに申し訳なさと、彼女のことがさらに心配になる。

「うーん……健斗《けんと》ぉ……」

「はいはい、いますよ」

聞こえているはずもない彼女が発する寝言に返事をしつつ、彼女の寝顔を見ながら俺はもう少しお酒を飲んだ。

17話　いやぁ、寝ちゃいましたね

奈月《なつき》が眠ってしまった後、俺は奈月の寝言に返事をしつつ晩ご飯の後片付けをした。

余った生地や具材は混ぜて簡易お好み焼きみたいにして明日にでも俺が一人で食べようと思う。

別に眠っている奈月からすれば、自分が何を言っているのか分からないだろうし俺が返事していることなど全く分かっていないだろう。

それでも、なぜか彼女の話すことに返事をしてしまうのはいつも、一緒にいて返事をしないと拗《す》ねてしまうことがあるからだろうか。

特に俺の中でも理由はなかったと思う。

結局その夜、彼女は全く起きそうにないので俺は適当に床で寝ることにした。今から彼女が起きたとしてもかなり夜遅くなってしまうし、酔った状態で帰らすのも心配なので泊めるということでいいだろう。

「まさか他人を泊めることになって自分が床で寝る時が来るなんてね……」

親が様子を見に来ることはあっても、泊まっていくまでのことはしない。その上泊まっていくほど仲のいい友達もいないのでこんなことがあるなんて想像もしていなかった。

しかも俺のベッドで寝ているのは女という事実が未《いま》だに信じられない。

「おやすみなさーい」

返事が返ってくるわけではないが、とりあえず一言消灯の言葉を発してから部屋の電気を消す。

いつももう少し遅くまで起きているが、せっかく寝ているところをうるさくするのもあれだしおとなしく早めに寝ることにした。

隣で女が寝ているという慣れない状況で緊張して眠れないのでは、という心配が自分の中に少なからずあったのだが、お酒のおかげかすぐに眠気が襲ってきて俺も眠りについた。

お酒飲んでなきゃやってられないっていう人の理由ってここら辺にあるんだろうな。飲んだ後にうとうとするのは最高に気持ちいいし、ぼーっと出来るもんな。

「……ねぇ」

誰かが俺の体を強く揺すっているような気がする。夢だろうか。

「ねぇねぇ！」

夢ではなく、目をぼんやりと開けると、かなり焦った顔の奈月の顔が飛び込んできた。ちなみに窓からはすでに朝日が差し込みつつある。いつもの朝起きているときの体感としては朝6時半から7時くらいといったところか。

「……おはよう、奈月」

「お、おはよう……。そ、その……。私は……」

「うん、酒に酔って途中で爆睡してから今に至るわけだ」

「う、うう……。ご、ごめんなさい」

彼女が申し訳なさそうに縮こまっている。

「お前、以前に他人の前でお酒を飲んだことは？」

「え？　な、ないけど……。いつもはたまに一人の時に飲んだりするくらい。割と飲んでもへっちゃらだったから大丈夫かなって……」

ということは、初めてお酒で失敗したのが俺ということか。変な男の前で失敗しなくてよかったと思う。

昨日の飲んだ缶数からしてかなり飲めるほうだとは思うが、飲めるやつでも上限というものを自分の中で探しておかないとこうなったりする。

大学生の失敗あるあるで女の子が危険なだけでなく、男も酔った勢いで暴力や痴漢をすればそこで人生終わったようなものなので本当に注意が必要だ。

「そか。今回でどれくらい飲んだら自分がやばくなるか分かったろ。ほかの場所で飲む時は気をつけろよ。男がいたらただじゃすまないぜ？」

「うん……」

明らかに彼女は落ち込んでいる。多分、迷惑をかけたとか恥ずかしいとか色々と思いはあるであろう彼女の頭を少しだけ優しく撫でた。

「俺は別に気にしてないから、そんなに落ち込むな。吐いたりしてないし、俺のほうには何の損害もない」

嘘です。大量に酒持っていかれてちょっとそのあたりは大損害だけれども。

「で、でも……ベッドは占拠したし……酔ってきっと面倒くさかっただろうし、嫌いになった……よね。こんな女」

「嫌いになってない。いつもわがままなくせにこういうところは気にするんだな。こんな感じでも、ちょっとお前には感謝してるんだぜ？」

「なんで？」

「だって、ほかのやつに自分のベッドを貸して自分は床で寝る。こんなこと誰かが泊まりに来ないと経験出来ないしな。一人でベッドがら空きにして床で寝てみ？　虚《むな》しさだけだぜ？　誰かがベッドで寝るから俺は床で寝るしかない！　っていう充実感をくれたのはお前だ」

「な、何それ。どんだけ友達とのそういうことに飢えているのよ」

俺の話に耐えられないとばかりに笑い出した。

「だって常にボッチだぜ？　大学ですらボッチの俺に、こんな特別なイベントはないんだって」

「残念な男ってわけだ」

「そうだ。だがそんな残念な男に特別な状況を与えてくれたのがお前なので、酔ったことは反省してそれ以外のことは気にしなくてよし。いいな？」

「うんっ」

「話が分かればよし。二日酔いみたいな気持ち悪さとかは大丈夫か？」

「うん。ないかな」

「よし、じゃあ家の近くまで送ってやるから帰ったらシャワーでも浴びてもうちょっと寝ておけ。明日に影響がないようにだけしておけよ」

ということで、朝早いが彼女を家の近くまで送っていった。なんだかんだ彼女の家がどこら辺にあるのか全く知らなかったのだが、そんなに離れた距離にあるわけではなく歩いて20分ほどのところであった。

「ありがとう」

「構わんよ。気にしないでまた遊びに来い。その……楽しかった。来いというかまた来てくれ。酒のことは本当に気にしなくていいから」

「うん……本当にありがと」

彼女と別れた後、俺は自分の部屋に戻った。

「さて、いつも通りもう少し休日の惰眠をむさぼることにしよう」

俺も彼女のことを偉そうには言えず、酒を俺としてもかなり飲んだのでまだ眠くて仕方がない。

結局、この日は昼まで爆睡して何となく過ごしたためあっという間に日曜日が終わってしまった。

しかし土曜日、奈月と過ごした時間だけでもいつもの何日分もの充実感があった。

ただ……。

「あいつがまた来る時はストックしておくお酒の数減らしておかないと……」

別に俺の前で酔うのはいいのだけれども、あれだけお酒を飲まれると俺のお財布事情が厳しい。

酒が飲みたいなら今度からはやつに持ってこさせよう。っていうかこれからは飯を食うなら何を作るか一緒に考えて一緒に買い物に行くのもありだな。

そういう風な流れにしてせめて酒だけはあいつに買わせよう……。

つい先ほどまで奈月の眠っていたベッドに丸まって俺はそんなことを思いながら日曜日の間ずっとうとうとした。

18話 神崎さんの力をこの手にしたいわけですよ

奈月《なつき》となんだかんだ悪くない時間を過ごした週末が明けて月曜日になった。またこの一週間、講義や実習を頑張っていくことになる。

とは言いながらも、月曜日は金曜日と同じように講義だけなので気持ちとしては少し楽である。

月曜日から実習とかだと、確実に奈月を家には呼んでいない。土日ともに俺の体力回復の時間として惰眠をむさぼることになっていたであろう。

俺は精神的にかなり疲れやすい体質だとかつて医師に言われたことがある。最初こそは緊張感もあって色々と疲れやすいのは分かるが、どうも何も変わらない日常でもかなり精神的に疲労している。

大抵帰ったら、1時間ほどは眠りに落ちているパターンが多い。そうじゃなければバイトでもしながらもっとお金の自由が利くようにするのだが。

なぜ精神的に疲労しやすい体質になったかについては、自分の中でも原因を理解しているつもりではいる。なんと言おうが、今のコミュ障によりボッチで大学にいたことが物語っている。

まぁ、そんな俺の事情はどうでもよくてだ。

実習が始まったことばかりに気を取られていては大学というものはいけないわけであって。

「はい、来週今までの三週分、ちょうど全講義の四分の一が終わったところで小テストをやるからな。各ポイントは言ってあるので、そこを重点的に出すからしっかりやってくるように」

「うわぁ……。小テストだってさ……」

「やっぱりこれだけ科目数があれば、どれか一つくらいこういうスタイルのところがあっても全然おかしくはないわな」

以前話した成績の一部の割合を占める平常点というものは、すべてが出席点や提出物等というわけではない。

講義の中でも軽い確認小テストのようなものを行う教授もいて、それで点数を取らないと平常点がないという場合もある。

ここで大学に通う皆さんは「え？　定期テストみたいに丁寧に一人一人席離してテストでもするのか？」と思った方もいるだろうが、そこまで厳しくはない。特に席移動はせずに、隣に奈月がいる状態で小テストはする。

ただ教授含め助手が見回るので、カンニングや話し合いをしていたらそこで小テストを受ける権利ははく奪。平常点なしで定期テストをやらされるという形だ。

結局のところ、ずるは出来ない。ちゃんと一人一人勉強して来いよということである。

この小テストを失敗してしまうと平常点が減って定期テストにプレッシャーがかかってくるだけでなく、後日出来の悪い者を呼び出しとかいうこともあって土曜日に大学に講義を受けに来ないといけなくなったりする。

俺の惰眠の時間を取られるわけにはいかないので、ここは頑張って勉強をしないといけないであろう。

「ただ暗記しただけじゃ解けないようにしておくからな。ちゃんと理解してくるようにすること」

はい出た、意識高い系の教授の言い分だ。こういうやつはマジでテストを頭おかしいぐらい難しくして再テストや単位を取れない人間を半分近く出したりする魔物である。

確かに勉強することは意識を高く持つことが大事だが、それなりに学校のレベルというものがあるので、そういうことはもっと高レベルな学校で求めていただきたい。最低限の目標をまずは何よりも達成しないといけないのに、そこをすっ飛ばして発展問題など無理だというのに。

と、そんな愚痴を言っても仕方がないので……。

「うえーん！　この科目あんまりよく分からないのにー！」

奈月も隣で泣き言を言っているが、俺にとっても余裕のあることではない。ここはちゃんと勉強出来る人の力を頼ろうではないか。

「こうなったら、あの人に頼もう」

俺は授業中にもかかわらず、スマホを机の陰に隠しながら素早く神崎《かんざき》さんにメッセージを送る。

—テスト正直言ってやばいので、助けてください—

なんだかんだ神崎さんに対してこのメッセージアプリで送った最初の言葉がこれですか。いきなりお願いとか図々《ずうずう》し過ぎて申し訳ない。

初めてのメッセージとして他のテーマ候補に挙がるのはレポートの分からないところを聞くとかにしかならなそうだったし、ぶっちゃけ分からないところを聞くというのはどっちにしても変わらないから許してくれる……と思っておこう。

「あれ」

意外にも講義中なのに神崎さんからはすぐに返信がきた。なんだろう、優等生なのにみんながやっているこういう悪いことを同じくしているところすごく好きです。

—いいですよ。ただ条件があります。取引に応じてくれたら教えてあげてもいいかなー？—

—何でしょう。自分に出来ることなら何でも神崎さんの期待に応えましょう—

奈月は隣でぐえーと言って伸びている。こいつが実際のところどれくらいのレベルで進級してきたか知らないんだよなぁ。こうは言っているけども、かなり頭がいいっていうパターンもあるし、本当に苦手だということもある。

とりあえずまずは俺が何とかしないといけない。他人の心配ばかりしているわけにもいかない。留年したらお金だけでなく、奈月や神崎さんとは一緒の講義を受けたり出来なくなる。これが一番辛《つら》い上にそうなればまた俺は一人になってさらにこれからの実習を一つ年下とやるとなると相当厳しい。

そうならないためにも、まずは俺が完璧に理解して奈月にちゃんと教えられるレベルにまでなればいい。まずはそこからだ。

そのためにも神崎さんの力が今は必要だ。

—では、今日はお昼ご飯でも一緒にいかがですか？　その時にゆっくりお話がしたいですね—

—うん、大丈夫。どこで食べる？—

—そうですね、別館にあるカフェレストランとかでもいいですか？—

とりあえずメッセージのやり取りで神崎さんとお昼ご飯を一緒に食べようという話になった。

神崎さんとお昼ご飯。テーブルマナーは大丈夫であろうか。幼いころから箸の持ち方や食べ方などは口酸っぱく注意されてきたので大丈夫だと信じたい。

一通り午前の講義二つを終えると、俺は隣で菓子パンを口いっぱいに入れてリスみたいになっている奈月にちょっと食べに出てくるから荷物見ていてくれと伝えて教室を出た。

そのまま別館に移動する。そこに入っているカフェレストランについては知ってはいたが、あまりにもオシャレで女の子専用といった印象を持っていた。

それに値段も結構するので行ったことはなかったが、一度は足を運んでみたいと思っていた場所だ。ま、一緒に行く相手がいなかったので行ったことなかったんですけどね？

あ、ここ皆さん笑うところですよ？

俺がカフェの近くで少し待つと、すぐに神崎さんが現れた。

「待ちました？」

「ううん、今来たところだよ。じゃ、入ろうか」

「はい」

俺は神崎さんとカフェレストランに入って、適当な席に座った。

いつも実習では白衣を身にまとっている姿しか見たことがなかったが、神崎さんも奈月同様かなりオシャレで年ごろの女の子といった感じでいつもよりももっと可愛く見える。

「まずは頼みますか？」

「お、そうだね」

変にぼーっとしていたら神崎さんに不審がられてしまう。奈月ならおちょくってくるだけだけどね。

俺と神崎さんはそれぞれ自分の食べるものを注文した後、早速本題に入った。

「今回の小テストという試練を乗り切るために力を与えて欲しいのですが、神崎さんのどんな期待に応えればよろしいでしょうか？」

「ふふふ、そうですねぇ。条件は複数あります。優しい佐々木《ささき》君なら全て受け入れてくれそうですし。ちょっと私もわがままになってしまいそうですっ」

神崎さんは一体どんな条件を持ってきたのだろうか。複数あるという条件を全て受け入れられるだろうか。

というか、ちょっとSっ気だしている神崎さんも可愛いなぁ。

19話 ピュアはピュアでも差があります

食べ始めると多分話すスピードが落ちてしまうと思われるので、早速この話の流れで条件を聞いていくことにした。

「で、その条件を一つ一つ教えていただけますかね？　神崎《かんざき》さん？」

「はい、そこです」

「え？」

「まずは今佐々木《ささき》君が言ったセリフの中に含まれることについての条件ですね」

俺が神崎さんに対して今言った言葉についての条件⁇？　何か失礼なことを無意識でやっていただろうか。もう最近奈月《なつき》との距離感がおかしくて、自然と女性に失礼な言動をしているとしたら、ここはびしっとはっきり言ってくれたら俺も反省出来るのだが……。

「そ、その……ですね。私のことを名字にさんをつけて呼ばれるのはその……。なんかとても距離感があるような気がして……」

「ああ、なるほど」

　確かに神崎さんは丁寧に呼んでいたからな。奈月とは話が違う。あいつに関しては名字どころかそれまで〝お前〟か〝あいつ〟か〝こいつ〟としか呼んでなかったからね。女子が一番イラッと来るやつに違いない。そりゃモテねぇわ。もともとモテるとかいう前に相手にすらされてなかったけれども。

「気にしなくていいので、下の名前で呼んでくれませんか？」

「全然それは構わないけれども……。じゃあ、夏帆《かほ》って呼べばいいのかな？　俺のことは佐々木君のままでいくの？」

「そのことなんですけど……健斗《けんと》君って呼んでもいいですか？」

　何だこの子は……。大学生にもなって異性の名前の下で呼ぶ呼ばれるだけですごく顔を赤くしていらっしゃる。俺とは違ったちゃんとした素敵なピュアですね……。

　この子のピュアがダイアモンドだとしたら俺のピュアは何ですか？　あ、そんな汚いものを見る目しないでくださいよ。

「全然構わないよ。君つけなくてもいいし。あと名前だけじゃなくて話すときもタメ口でよくない？　いつも敬語だし」

「このしゃべり方くせなんですよねー。そのうち慣れてきたら変わると思います」

「そかそか。じゃあ、一つ目の条件はそんな感じでいいのかな？」

「はいっ」

可愛らしい元気なお返事、とってもいいな。どっかの誰かさん常に「ぐえー」とか「うげー」とかそんな低音のきったねえ声しか出してないからこんな声聞くと元気出ますね。

「じゃあ、二つ目です！」

「おお……。どんと来い！」

夏帆の最初のあの表情からすれば、この後に提示される条件はもっとすごいものだろう。果たして応えることが出来るだろうか。

「私といっぱいメッセージアプリでお話ししてください！」

「……？」

「ダメ……ですか？」

あれ？　俺って先週夏帆と連絡先交換したよな？　というか今日こうして会ったのもメッセージアプリを通してだったよな？

「え？　全然構わないけど……」

「いいんですか!?」

逆になぜダメだと思っていたんだ……。何のために交換したのか意味がなくなるではないか夏帆氏よ……。

まぁ交換する時にめちゃくちゃ戸惑っていたやつが何を言っているんだって感じだな。

実際のところ、こっちからも小テストの話を出すまで話しかけるってことはしなかったし。

何を話していいのか未《いま》だに思いつかないのに気軽に受けて大丈夫かさらに不安になってきたが、今更引き下がるわけにもいかないのでこのまま話を続ける。

「ダメだと思っていたの？」

「そ、その……。彼氏でもない人にプライベートな時間まで入っていってお話するということは非常に迷惑なことなのかと……」

「そんなこと全然ないよ？　普通に日常の中で話しかける感覚と同じように話しかけてくれたらそれでいいと思うけど」

「そ、そうなのですね……」

俺も正直みんなどういう感覚で話しているかよく分かっていないので、自分が思っていることをそのまま話しているが、夏帆が何の抵抗もなく俺の言葉を聞き入れている。

「もしかして……男の人と連絡先交換したのが初めてだったりする？」

「そ、そうです……。高校時代は女子高だったので、男の人と関わることなんてありませんでした。大学に入ってから知らない男の人に声をかけられたりとかはしましたけどもさすがにそういう人ってあんまり印象がよくないので交換なんてしませんからね」

夏帆は想像以上にちゃんとガードが堅い。意外とこういう感じの女子高卒業だったり、箱入り娘で育てられてきた女の子って男に耐性がなかったりするのだが、夏帆の場合は変な男に声をかけられても実習の時のようにうまくかわしてきているようだ。親御さんも安心だろうな。

え？　変な男に現在進行形で引っかかっているとか言ったやつ表出ろ。俺はピュアだから夏帆に影響はない。あ、今の言葉で笑ったやつももれなく表出ろ。童貞の気持ちの悪い話を3時間聞かせて精神的に潰してやろう。

「す、すみません……。こんな異性との関わり方も知らないぎこちない女なんかめんどくさいですよね、ごめんなさい」

「いやいや！　そんなことないよ」

だって俺もほとんど関わったことがないもん。高校どころか中学校のころから死んでいたとは言うのはやめた。絶対にいたたまれない空気になる。

「夏帆の暇な時に何でも聞きたいこと、話したいことをメッセージで送ってくれたらいいよ。特に何も気にせず気軽にね」

「は、はい……！　……やったっ」

夏帆さん、すごく嬉しそう。

「他の条件はなんでしょうかね？　夏帆さん？」

これで二つの条件は俺でも容易に守ることの出来そうな内容だった。果たして三つ目以降はどんな内容が――――。

「こちらからは以上ですっ」

「え？」

「この二つを健斗君にお願いしたら許してくれるかなって……」

「お、おう。全然構わない。その条件ちゃんと守れるよ」

「ではでは、健斗君のお願いは今日の講義の小テスト対策ですねっ。ふふふ、ちゃんと私のお願いを聞いてくれるようなのであとでまとめたポイントをメッセージアプリで送らせていただきますね」

「おお」

夏帆は早速メッセージアプリを利用して、色々と俺に情報提供をしてくれるようである。

これなら奈月とも情報共有をしやすく、非常に助かる。

せっかくメッセージアプリを使って彼女が教えてくれるとのことなので、そこから何か別の話に繋《つな》げられたらいいかもしれない。もしかするとそれも夏帆の狙いなのかもしれないし。

「じゃあ、そういうことでいこう。夏帆」

「はい、健斗君」

ちょうど話がまとまったところで頼んだものが運ばれてきたので、その後はゆっくりと話をしながら昼食を楽しんだ。

しかしまぁ、なんで女の子のピュアというものはこんなにも尊くて可愛らしいのだろうか。逆になぜ男のピュアは気持ち悪くなってしまうのだろうか。

このテーマでぜひとも卒業論文を誰かに書いてほしいものである。

20話　GW×大学生といえば色々ある

　月曜日と金曜日は実習がないので、その代わりに午後の講義が入っているのだが、それがなぜか異常にのんびりしている。

　大学に通ったことがないという人やまだ通っていないという人に説明すると、単位科目の大半はもちろんテキストやノートを使ってがりがり勉強するものだが、一部はそうでもなかったりする。

　勉強というよりも、社会の決まりやその学部を卒業して大半の人間が就くであろう職業についての話などをする講義もある。

　俺たちの学部はすべて成績についてテストの点数で判定するが、別の学部だとこういう科目はレポート提出でテストはないというやつもある。

　こういう講義はなぜか教師ものんびりとしている。別にスライドをパシャパシャとシャッター音をたてて撮っても怒らない。

受けている生徒に関しては全体の半分も真面目に受けているか怪しい。大体明日に向けての実習の予習ノート作っていたり、スマホやゲームをしているやつ、あとはお昼ということで夢の世界に行っているやつも多い。

なお、今俺の隣にいるやつも絶賛夢の世界に旅立っている。実習の時ですら眠たそうにしているやつが、講義の時に起きていられるわけないわな。

「うーん……。酒……。たこ焼き……」

しかし、眠っている奈月《なつき》の顔はそんな寝言を言いながらすごくゆがんでいる。そんなに一昨日のことがトラウマになっているのか?

俺のほうは一応テストがあるので、大事そうなところだけちょこちょこ確認しながらメモを取りつつ、前期の予定表を見ていた。

「GWか……どうするかな……」

前期課程が始まって早くも一ヵ月弱。そろそろGWという話題がちらほらと情報番組でも特集として組まれる機会が増えつつある。

うちの大学は講義の入れ替えを極力しないためにも、祝日でも授業が普通にあったりするが、GWだけはさすがに休みになる。教員もそりゃ休みたいだろう。

去年は実家に帰ったが、色々と行き帰りともに地獄を見た。その上三、四日程度だとそれほどゆっくり出来ないのであまり気が進まない。

それに最近五月でもバカなんじゃないかっていうほど暑いからね、俺溶けちゃうの。あ、そのまま溶けたほうがいいですかそうですか。

「家に閉じこもるか……」

実家に帰りたいという願望はあるが、五月というまだまだ大学と向き合わなければならない時期に実家の居心地のよさにほどよく慣れてさぁ帰ろうっていう時の気持ち分かる？本当に辛《つら》いから。

後期は帰るタイミング結構掴《つか》みやすいんだけどね。前期はなかなか掴みにくい。

「……GW、また健斗《けんと》の家行きたい」

「うおっ！　いつの間に起きたし」

「なんかたこ焼きがお酒の波に乗って押し寄せてきて、呑《の》み込まれる夢を見た。そして目が覚めた」

何それめっちゃ怖い。ちょっと奈月さんの顔が青ざめているんですが。

その悪夢の原因が俺のところに来たのがきっかけなのに来るのか……。

「お前、実家帰らなくていいの？」

「帰るのが面倒くさいです」

「親が泣いているぞ……」

大学生のみんな。親が、帰ってきたら？　とか帰ってこないの？　とか言ってきたら帰る時間を見つけて帰ろうね？　簡単に出来る親が喜ぶことやで。ま、現時点でこっちに残ろうって言っているやつが何をって感じかもしれんけど。

「だって、休みっていったって一週間もないのに落ち着かないじゃん」

俺と同じ考えか……。結局同じような生活の流れを汲《く》む大学生同士、同じ意見に収束するということか……。

「別に俺の家に来るのはいいぞ？　俺がまた来たらいいよって言ったんだし。ただ、今度から飯については要相談な」

「えー、もう奢《おご》ってくれないの？」

「おこがましすぎて殴りそう。てめぇがさっき悪夢で押し寄せたもの誰のお金で出てきたものだと思ってんだ！」

「金取って悪夢見せるとか最低すぎる。責任取って」

「なんで俺責められてんの？　おかしくね？」

「あんな怖い夢、久々に見たんだから……」

たこ焼きと酒の悪夢についての話はともかく、とりあえず奈月が一昨日同様にＧＷに俺の家に再び遊びに来るということで話が固まりつつあった。

「どの日に来る？　俺の都合だが連休最終日に来るとかはやめろよ？　絶対に次の日バタバタするから」

「そこは問題ない。ただ……」

「ただ？」

奈月は俺の耳元で小さな声でこう続ける。

「今度はお泊まりしたいなぁ……」

「っ……！」

耳元で話されると体全体がぞわっとする。

「おっとー、さすがにそれは――」

「は？　別にそんな改まって切り出すことでもねぇだろ。絶賛一昨日てめぇ俺の部屋で爆睡して一夜過ごしただろうが」

「そうでした……」

っていうか、一昨日結局そうなったから今度も行けるって意味で切り出したんじゃないのかよ。

ただしあれは不測の事態でああなっただけで、ちゃんとお泊まり前提で話を進めるとなるとなんかまた違うような気もする。

金曜日のような部屋だけの掃除でなく、風呂場とかまで入念に掃除しなきゃいけなくなるのでは？　はっきり言ってとても面倒だ。

「あれ？　そうは言いつつもその顔はやっぱりちょっと意識を……」

「いや？　そんなことはないんだけど」

「ないんだ……」

「うん、全くないね」

仕方ねぇ、友達がいっぱいいた梨花《りんか》ならお泊まりとか友達といっぱいしてそうだから、梨花から色々話を聞くか。

ちょうど梨花に俺から電話しようと思っていたし、この機会にチャレンジしてみよう。

「腹立つ……。マジで意識していないのが顔から嫌っていうくらい分かってむかつく……」

「ざまぁみろ。20歳超えた童貞舐《な》めんな」

「……ごめん。何をもってその言い分になったのか一ミリも理解出来ないんだけど、本気で。どういうこと？」

「……」

そりゃそうだろう。俺からしても全く意味を持って発した言葉ではない。自虐の言葉に意味を持たせられないとかやばくないですかね？

皆さん。これが20歳超えたコミュ障童貞ですよ、きもいでしょう？　あ、やっと意味のある自虐になったような気がしますね。

「直そうね。そういうとこ」

「すみませんでした……」

「……チューハイ五缶で手を打ってあげる。それでどう？」

「用意させていただきます」

とりあえず、今年のGWは主に奈月と過ごすことになりそうだ。奈月の先ほどの言葉はさすがに嘘だったようで自分のメモ帳にご飯とお酒と書き込んでいた。

ただ遊ぶだけだったはずの一昨日ですら、結局あんなことになったのに今度は何が起きるか分からない。

もしかすると何かの間違いが起きたっておかしくなんかないのに。

そんなことを思った俺だが、彼女にはとてもそんな言葉をかける気にはなれなかった。

メモ帳に書き込む奈月の顔がすごく嬉しそうな表情であったからだ。

そんな奈月の顔を見て俺も少しだけ頬が緩むのを自分の中で感じつつ、再び講義の話に耳を傾けた。

21話 彼女は優秀かつお茶目

今日の講義を終えて家に戻ると俺は明日の実習と講義の準備をして、早速午前の講義の復習を始めた。大学の勉強や提出物はその日のうちに少しでもやるのが大事で、一番意識があるうちに少しでもやっておかないとだんだん意識が薄れるとともに後回しになりがちである。

それに俺たちの学部は週の半分は実習があって、丸々一日がつぶれると同時に疲労感も増えてとてもちゃんと勉強出来るとは思えない。

今日のような余裕のある月曜日や週末はフルで勉強をしておかないと多分小テストは切り抜けられそうにもない。

「静止膜電位の理論値をネルンストの式で求めると……」

講義の内容は明らかに大学になってから知ることもあれば、また高校一年からのやり直しですかっていう科目もある。残念ながら今回はバリバリの大学からの内容で頭がパンクしそうだ。

「ただし、理論値は−80mVだが、実際の測定値は約−65mVと異なるのはなぜか……。何のことだ？」

なんか今日の講義で説明していたような気がする。どこにその内容についてメモを取ったのだろうか。

「奈月《なつき》に言われたこと多少は反省しねぇとな……」

奈月に散々汚い字だと文句を言われたり笑われたりしていたが、自分の見るものだから別にいいだろうと気にしていなかった。しかしこうして後から確認すると、自分でも非常に見にくい。ちょっとは丁寧に書こう……。

そんなこんなで自分で勉強するのに苦心していると、スマホが震えてメッセージが届いたことを知らせている。

—お疲れ様です。神崎《かんざき》です—

—お疲れ様—

—早速健斗《けんと》君のご要望であった今日の講義の小テストのポイントをまとめたものを、まだ一部しか出来ていませんが一度にたくさん送っても困ると思いますので、今の段階で出来上がっている部分を送ってもいいですか？—

「おお。一部とはいえ、完成させるの速すぎませんかね？」

小テストの範囲としてまとめられているものが三つほどあるうちの一つ目の内容をまとめたものを送ってきてくれた。

―本当はダメだって分かっていますけど、さっきのお昼の講義は聞いていても寝ちゃいそうだったのでひそかにまとめちゃってました笑―

言っていることがお茶目で可愛らしくて、さらっとやっていることが無茶苦茶《むちゃくちゃ》かっこいい。まとめちゃってましたってそんな感覚で出来る秘訣《ひけつ》を教えて欲しい。

まとめてくれていた内容も今俺が必死こいてやっている活動電位の部分であったので、とてもいいタイミングで夏帆《かほ》に助けられた。

―さすがのクオリティです……。ちょうど今ここで頭抱えていたので助かる―

―多分、問いたいところというのは私が見て聞く限り限定されているので、そこだけメッセージで補足してもいいですか？　なんかこの場で行うような会話らしくないですけれども笑―

―お願いします―

ということで、夏帆からテストの記述で問われそうだとリストアップしたものについて解説をしてもらった。

先ほど言っていた静止膜電位の実測値と理論値のずれも夏帆の中で分かりやすく説明してくれた。

大学で勉強出来るやつというのは、教授のぶっちゃけ伝わらない説明を自分なりにどこまで解釈出来るかにかかっていると思う。

「なんかめちゃくちゃ大量に文字打たせて申し訳ないなこれ……」

メッセージで説明していると、とんでもない文字量になっている。これを打つ夏帆のことを考えると、直接話したほうがいいような気がしてきた。

—夏帆、文字打つの大変でしょ。夏帆のほうが大丈夫なら電話する？—

—それでもいいです？　ちょっと手が痛いです笑—

「すまん……気の利かない男で……」

教えてくれている優しい女の子への配慮も出来ないから20歳過ぎても童貞なんだといろんなところから幻聴が聞こえる。そうだ幻聴に決まっている。

『もしもし』

「すまねぇ、あんなに文字を打たせて」

『いえいえ。なんだかこんなにスマホの文字を打っていると、青春しているなって思います。今さっき、スマホの文字打つところ長押しスライドで連打しなくても〝お〟とか〝こ〟

とか使えることを知りました』

　速報、夏帆氏スマホの文字を打つテクニックが上がる新技術を発見。

　俺もしばらく気が付かなかったからな……。梨花《りんか》に教えられて一回使ったら使いにくくて連打でいいじゃないかって言ったら可哀想な目で見られた。なんで？

「最初使いにくくない？　その技術」

『そうですか？　いっぱい文字打つといかにこの機能がありがたいかよく分かりましたよ？』

　ああ、なるほど。梨花の憐《あわ》れみの目の意味が今分かったよ。今度電話する時覚えてろよ。

　そんな目するならちょっとは古き友を助けようという感情はねぇのか。

『説明の続きをしてもいいですか？』

「おう、頼む」

　やはりメッセージで打つよりもしゃべるほうが圧倒的に速いし、質問や説明の補足などお互いにしやすいため、とても円滑に進んだ。

『まず活動電位というのは、オーバーシュートの部分だけを指すのではなく、この電位の変化している範囲全てを指すのでそこも注意かと』

「おけ」

あっという間に、夏帆のまとめてくれていた一つ目の範囲のポイントを押さえ終わった。

夏帆の言うとおりにノートを書き進めるだけで綺麗まとまるというすごさ。

『今日教えられる範囲はここまでですかねー。あと二つは後日ということになりますけど大丈夫です？』

「うん、どうせ明日から実習で大変だし俺が今度手を付けられそうなのは金曜日以降になるだろうし」

『分かりました』

今日の夏帆先生による解説が終了した。

しかし、夏帆はまだ何かを言いたそうにしている。

『あ、あの……』

「ん？」

『せっかく電話しているので、ちょっとお話でもしませんか？』

夏帆が少し小さな声になりながら、そう提案してきた。

「もちろんいいぞ」

こんなに俺の事を助けてくれる女の子の些細《ささい》なお願いだ。聞けないというほうがおかしい。俺は快く彼女の誘いを受けた。

　その後、しばらく夏帆と電話を通して話をした。結構夏帆とは仲良くやっているつもりだったが、こうやって実習や勉強以外で長時間話をするのは今日が初めてだ。

　夏帆は勉強出来るし、性格からしても真面目でおとなしいというイメージしか持っていなかったが、色々と考えることは俺と似ているところがあって面白かった。

『あの先生……ですよね。私たまに寝ちゃったりしますもん』

「へぇ、夏帆でもそうなのか」

『私、そんな真面目じゃないですよ。どうです？　幻滅しちゃいます？』

「いや全然。なんだか似ているとこがあって面白いし、親近感がわくぞ？」

　結局、この後夏帆とは2時間近く話をした。

　夏帆が真面目なだけでないということも含めて、こうして話をするといろんなことが分かるのでそのたびにいい子と知り合えたなと思う。

　明日からそんな子と実習二週目。彼女の足を引っ張らないようにしたいところである。

22話 講義の落とし穴

大学の講義と言えば、皆さんはあの広い教室に見合わぬ人数が点々と座っているという光景を想像するのではないだろうか。

もちろんぎゅうぎゅう詰めの時も存在するが、少なくとも一人あるいは自分たちの仲のいいグループで集まってそれぞれ講義を聞いて自分なりにノートをまとめる。

何を言いたいかというと、高校までのような「はい、隣の人と話し合ってー」とか「四人グループになってなんちゃらかんちゃら〜」というものはおそらく存在しないのではないかと大半の人が思っていると思う。

俺もそう思っていた。大学に入るまでは。勝手に一人で席に座って必要なことを適当にまとめる。ただ聞くだけのものだと。

でも現実は違った。

「はい、じゃあこのことについて近くの席の人と話し合って出た意見を出席カードに書いてください。これが出席点になりますからねー。何も書いていないと点数ありません」

ドウシテコウナルノ？

高校までの一番辛《つら》いこの現象からやっと解放されたと思ったのに……！　中学高校と男子にはうざいと顔すらも合わせてもらえず、女子は本気で怯《おび》えて震えながら頑張って俺に話しかけようとしてくれていたあの悲しい出来事からやっと解放されたと思ったのに！

大学三年生となった今でも、解放されない。

毎年、単位のどれかにこういった講義が地雷のように埋め込まれている。当然全部受けていると確実に踏み抜くためにその時間は縮み上がっている。

そんな埋め込まれた地雷が爆発する時がやってきた。

「はい、席近い人と話し合って出席カードに書いてください」

「うわ、出たよ……。ボッチ殺しの出席課題」

「健斗《けんと》はこういう時今までどうしてたの？」

「顔伏せてスマホいじるか、教室からこそっと出て終わりそうになったら戻るとか」

「うわ、しのぎ方がリアルでキモイ」

「なんなら席が近い女の子集団に可哀想な目で『こっちに交ざる？』って言われた話しようか？」

「うん、もうやめて。聞かされてるこっちが耐えられなくなりそう」

リアルでキモイとか言われてもどうしようもない。高校までがひどかったことを踏まえて、事なかれ主義で争いごとだけは避けようと頑張っていたらいつの間にかこういうみんなが何も苦にしなくていいようなことですらなぜか乗り切るために頑張らないといけなくなった。おかしいなぁ。

大体こういう時は教員がよく教室を巡回して皆が話し合っているか確認しに来るのだ。そして何もしていないことがバレて、無理やり他のグループとくっつけられる場合が一番辛い。その時に近くのグループが俺とくっつかされたことを知った時のあのいたたまれない空気。心の底から俺がここにいてごめんって思うよね。

まぁそれでも誰かと一緒に講義を受けないといけないと自分から動くことはないけれども。

周りを見ればみんなが楽しそうに話をしている。提出課題など書くことは大体決まっている。真面目に言われたことについてのテーマで話をする必要なんてない。誰かと顔を合わせて話せればそれでいい。

要は先生に言われたことをしなくてもいい。真面目な取り組みをしていなくても、話すという行為をするだけで黙認される。話すということ以外のことを真面目に取り組んでいても他人と話すということが出来ないだけでダメというレッテルを貼られる。

「どうして一人でいるということはこんなに息苦しいのか……」

「一人でいる、他人のことを理解出来ない人間に社会は寛容じゃないっていうことに尽きるに決まっているじゃない」

　彼女はさらりとそう言ったが、その言葉に妙な重みを感じる。

「健斗にとって周りの生徒たちはどう見える？　楽しそうに見える？」

「どう見ても楽しそうにしか見えないけど」

「健斗にはそう見えるのかもしれないけど、実際はそうでもない。楽しそうに見えるということは他人のことがどういう形であれ理解出来ているというだけであって真に仲良く友達をやっているとは限らない」

「……は？」

　奈月《なつき》の突然の意味不明な言葉に俺は首を傾げた。何を言っているのだろうか、こいつは。朝ご飯に変な物でも食ったのだろうか。

「私は健斗とはそうなりたくないね、ちゃんと……仲良くなりたい」

「お、おう……。別に普通に仲良くなればいいと思う」

　奈月の言葉になんとも言えない重みと勢いを感じたために俺は少し圧倒されたように奈

月の言葉に同意をした。

奈月のニュアンス的に過去、女同士の表面だけの仲良しごっこの中で何かあったということなのだろうか。

「約束。ちゃんと仲良くなってね」

まっすぐ見つめられながらそう言われると、慣れない感覚に俺は落ち着かなくなった。いつもチャラチャラ適当で見てくれだけはいい女がこういう一面を見せるとギャップ差がとてつもない。

「ってか、相手に有無を言わせぬ勢いで勝手に遊びに行こうかと思うような相手のことを仲がいいやつって思ってないのかよ……」

俺がそう言うと奈月は顎に手を当ててうーんと少し唸《うな》った。

「それもそうだね」

そう言うといつも通りけろっとした様子に戻って俺にイタズラや冷やかしをいつものように始める。

そんなやり取りをしている不真面目な二人組を見回っていた教員が見つけたが、特に咎《とが》めることなく、そのままほかのグループに目を移した。

23話　幼馴染？に挑みました

今週の実習の内容は至って平和である。と言うかあまりにも先週が大変だっただけで、先週採取した血清を使っていろんなデータを出してそれをグラフに表したり考察をまとめたりすることがメイン。

来週はまたラット関係を扱うことになるので大変にはなるが、今週は中休みといった感じで夏帆《かほ》もすごくリラックスしていた。それどころかこういう分野になると俺がすっかり夏帆の力に頼りっぱなしだったんだけれども。

夏帆はとても優しいので何一つ嫌な顔をせずに俺へのアドバイス含めて面倒を見てくれたので、ただただ感謝しかない。

2時前から始まって先週なら6時過ぎまで実習だったが、今日はなんだかんだ5時くらいには終わった。体感として随分と楽に感じる。

夏帆とはもう臆することなくコミュニケーションが取れることもあって、俺にとって実習はそこまで苦痛なものではなくなってきているのだと思う。

そして実習においてうまく事が進んでいるのは俺たちだけでなく、奈月《なつき》のほうもうまくいっているらしい。

『だんだん同じプラッテ（実験机）のほかの班の子が助けてくれたりしてね。困ったらその子たちが助けてくれるようになった』

最初こそはみんなよそよそしい感じだが、やはり何度か顔を合わせて活動しだすとだんだんと話す言葉も増えてお互いにサポートをし合っていくもの。

きっと奈月の大変さや頑張っているところを見て色々と感じ取ってくれたのだろう。今日の電話ではだいぶ楽だったとは言っていたが、随分と元気だったので近くに助けてくれる人が出来たことが一番の要因だろう。

大学はいい意味で拘束された団体行動が少ない。それはお互いに不快に感じるほど長時間一緒にいる必要がないということで、お互いに心の余裕を持ちながら助け合える。いじめや陰口といった団体行動のマイナスの面よりプラスの面が非常に大きく出る。

同性同士の協力はもちろん、大学生くらいになれば同じ実験机にいるメンバーなら異性同士と話だって違和感なく出来るものなのだ。

「そりゃよかった。お前の声を聞いていたら、相当支えになってくれているっていうことは今日のお前の元気ぶりからよく分かるよ。その子が困っていたら助けてやれよ？」

『言われなくても当然よ』

そんな優しい子たちに助けられたこともあって、俺に対していつも続く長時間の愚痴が今日は全くなくてすぐに会話が終わった。

「今日は時間あるな……。梨花《りんか》に電話かけてみるかな……」

自分の中で空いた時間がある時に早めに梨花に電話をかけて色々と奈月が泊まりに来る前にするべきことを教えてもらわねば。

実習、講義、小テスト。そんなことを言っていたら、あっという間にGWが来てしまう。梨花がバイトとか友達付き合いとかがあって繋《つな》がらないことも考えて早めにかけてみようと思う。

俺はメッセージアプリを開いて梨花のページを開いて通話ボタンを押す。意外にもアプリを使って電話をかけるのは初めてだ。親には普通の電話でかけるからね。何か言いたいやつもいるだろうが、ここでは発言させる気はない。俺の心をクラッシュさせるわけにはいかないのだ。

『やあやあ、健斗《けんと》君。どうした？　最近電話で話したばかりだが、もう寂しくなってしまったのかい？』

梨花はすぐに電話に出た。いつも通りの口調である。

「よう。たまには俺からかけるのもありかなと思ってな」

『珍しいな。私からかけて嫌そうに出るのがいつもの流れだというのに。何か聞きたいことでもあるのかい？』

「お、鋭いな」

『ふっふっふ。これでも君の幼馴染だよ？　君の心理などお見通しなのさ』

ちょっと分かってくれて嬉しいけど、こういう反応は死ぬほどうぜぇ。梨花は厨二病《ちゅうにびょう》みたいなところもある。前回の会話でもそんな感じだったし、今更だけれども。

『で、聞きたいことは何かな？』

「今度さ、友達が家に泊まりに来るんだけどさ」

『ええっ⁉』

梨花が異常な驚き方をしていた。こいつの性格からしてわざと煽《あお》っているのかと思う人もいるが、今の驚き方はマジだ。

『じ、自分の家に遊びに来させるどころか人の家に行くことですら誘われても頑として行かなかった君が人を泊まらせるだと⁉』

「ま、まあそういう反応になるわな」

これればかりは認めざるをえない事実。小学校までは仲のいい友達の家に行ったり呼んだりして遊んだが、中学時代に闇落ちしてからは人のテリトリーにも入りたくなければ、自分のテリトリーに人を入れるなんて死んでも嫌だった。

確かに大学に入ってというか、奈月によってこういうところも俺は変えられているような気もするな。

『ま、まあ君が変わっているようで嬉しいよ。アドバイスとしてはそうだな……。ただ遊びに来るだけでは入らないお風呂場とかの掃除は当然のこと、洗濯物は出来るだけ前日のうちに回せるものはすべて回してしまって干して片付けておくといいぞ。さすがに他人の前で洗濯物を出すわけにいかないだろう？』

「それもそうだな……」

『後は泊まるならちゃんとベッドや布団は綺麗にしておきなよ。汚いところで寝かせるなんて最低だぞ』

「……」

『どうした？』

いやもうすでに汚いベッドで一度女を寝かせてしまいました、梨花さん。どうすればいいでしょうかなんて聞けねぇ。

『そうか。とにかく綺麗にしておくことだな。ま、前回電話をした時に掃除をやけにしていたようだから大丈夫だとは思うが』

「そこはな」

なんだかんだ俺のことをよく把握し、考えてくれる梨花。

『それより、今日は私のことについて聞きたいこと、セクハラしたいことなどはないのかい？』

「あ？　あるわけねぇだろ。てめぇのことなんぞどーでもいい」

『そうは言うものの、どうせ泊まりに来るというのはこの時期から考えてＧＷの予定ということだろう。まだ先のことであるのに、こんなに早く聞きに来たということは私のリアルの用事を気にかけてということだろう？』

「……」

『図星のようだね。もう十五年近く付き合いのある幼馴染に対しても遠慮してしまう君はとても可愛いぞ。そういうところは変わっていなくて私は嬉しいよ』

「う、うるせぇぞ！　もう電話切るからな！　情報に関してはありがとうだよ！」

『ははは、また電話してきてくれたら嬉しいぞ？』

最後の梨花の言葉にはあえて反応せずに切ってやった。ちくしょう、やはりあいつに勝つことは出来ない。色々と俺の考えていることはお見通しでその上で可愛いだの、面白いだのいじり倒す。

本当に梨花には勝てない。いつも変な口調だし煽ってくるし弄ぶし。

でも、それでも。

それは誰よりも俺のことを理解してくれているからこそであって。いつも俺の悩んでいることや考えていることにそっと気が付いてアドバイスをくれる。

本当にむかつく。でも一番頼りになる。

24話 見せられない一面

今日も実習を終え、一息ついてベッドの上にへたり込んでいた。まだ夕方の6時半。ご飯を食べたり、風呂に入ったり、明日の準備をしたとしても十分すぎるほど時間が残ることだろう。

本当はその空いた時間に今日の午前中にあった講義の復習をしておけば、テストが近付いてきてもバタバタしなくていいのだが、実習終わりの体はとてもそんなことをする気がないと言わんばかりに全く言うことを聞かない。

ベッドに横になったままぐったりと伸びていると、テーブルの上に置いていたスマホが音を立てて軽く振動する。どうやらメッセージが届いたようである。

「奈月《なつき》からかな」

スマホを手に取って見てみたが、履歴から確認出来たメッセージの送り主は俺の予想とは違った人物であった。

「夏帆《かほ》からか」

メッセージアプリをそのまま開いて彼女から送られてきたメッセージの内容を確認した。彼女からこんなメッセージが届いていた。

―健斗《けんと》君、私のテキスト持っていたりしませんか？　今、持ち物を確認したら自分の実習書がなくって……―

―ちょっと待ってね、確認してみる―

俺は自分のカバンを開けて中身を確認してみる。すると、同じテキストが二冊、俺の名前が書かれたほうと彼女の名前が丁寧に書かれたテキストが現れた。

「やっちまった……」

なぜこういう状況になってしまったか原因は簡単に分かる。片付けしている時に布巾で実験机を拭いていて机の上に載っていたテキストなど俺と夏帆の物を一つにまとめてしまい、そのまま持ち帰ってしまったのだろう。

しかしどういう理由があれど、俺の確認不足である。

―ごめん、普通に俺が夏帆の分も持ってるわ……―

―健斗君が持っていましたか！　なくしたとかじゃなくてホッとしたので大丈夫ですよ！―

「優しい……」

恨みごと一つも言わない。どんなに早く渡せたとしても明日の朝となるので、今日中に予習や復習をしようと思っても出来ないのに。

—明日の朝、急いで返すから！　本当にごめん！—

—別に今日はレポートとか課題もないので大丈夫ですよ！　明日の実習の時に渡してくれれば大丈夫ですよ—

—うう……。本当だったらすごく怒られるところなのに……—

—こんなことで怒りませんよ！　私も確認不足だったたので—

—そう言ってくれると助かるよ。じゃあ、明日実習の時に渡すね。ちゃんとテキスト二つある分、予習をいつもの二倍以上頑張っておくわ！—

—じゃあお願いしようかな（笑）　でもお疲れでしょうし、無理しない程度で—

夏帆に予習をしっかり頑張ることで許してもらうことにした。

—了解。でも夏帆って本当に優しいよね。怒ることなんかないんじゃない？　怒るところを想像出来ないや—

—そうでもないですよ？　私が怒ったら震え上がるほど怖いっていつも友達に言われますけどね。でも、怒ったとしても大体気が合わない人なので健斗君に怒るということは間違いなくないと思いますよ―

―分からんぞ？　もしかすると夏帆にとって許せないことを俺がやってしまって夏帆がすごく怒ることになるかもしれないぞ？―

―絶対にならないでしょ（笑）―

―随分と信用してくれるんだなぁ―

―ええ、もちろんです。でも……。ほかの人が原因でもし怒ったとしても健斗君には私が怒っているところは見せたくないですけどね―

―そうなの？　別に人ならイライラしたり、怒る時だってあるでしょ―

―それでも見られたくありません。健斗君に怖いとかあんまり一緒にいたくないとか思われて距離を取られたら辛《つら》いですから―

すごく可愛いことを言う。でも自分の身に置き換えて考えても夏帆の目の前でキレてるところは見せたくないし、夏帆を間違いなく怖がらせてしまうだろう。

―確かに仲良くしている人に怒っているところとか見られたくないな。俺も夏帆に怒っているところ見られたくないもん―

―やっぱりみんなそうですよね。でも何かあってもし怒っちゃってても嫌いになったりしないでくださいね？―

―絶対にならないから大丈夫―

―それが聞けて安心しました。あ、でも明日予習してくるって言って予習あんまりしてなかったら、適度に優しく怒りますからね？―

「可愛いような、怖いような」

きっと夏帆のことだから怒ることはないだろうが、困らせるわけにもいかないし何より自分から頑張ると言ったのだから頑張らなければならないだろう。明日も円滑に実習が出来るように夏帆に頑張ると伝えてからテキストを広げて疲れも忘れてただひたすら実習の予習に取り組んだ。

25話　奈月と割と普通な雑談

いつも通り奈月《なつき》と午前の講義を受けていると、ふとこんな話になった。

「健斗《けんと》ってさ、カフェとか行ったりする？」

「……こんなボッチの男がカフェ行っていたら女の子たちから通報もらいまくるとは思わなかったか？」

「……どんだけ自己評価低いのよ。会社勤めのサラリーマンとかだって普通にいるんだよ？」

当然、高校大学生にもなるとみんなス○ーバック○とかのお世話に一度や二度は大抵の人がなるのではないだろうか。

テスト勉強の場所に。友達との雑談場所に。はたまた恋人との癒《いや》しの場所に。

まぁ、そういうところに行けるということは一種のリア充ということである。当然一人で行く人もいるだろうが、そういう雰囲気を楽しもうという気持ちがなければあまり行くことなどないだろう。楽しめるのは心に余裕があるということで素敵なことである。

ちなみに俺はこのカフェというものに別に恨みはないが、俺が中学生の時は金持ちの子供ばかりで毎日学校終わりにスタ○に行くことが当たり前だと思っていたようだ。俺は一回も行ったことないと言った時には「庶民の味を知らないお坊ちゃん」と言われた。貧乏ということでいじられるのではなく、あまりにも相手が世間知らずすぎる煽《あお》りをしてきたので今でも覚えている。

それ以来、行きたいと思ったことなんか一度もない。というか行く機会もなかったし。

バイトも出来ない中学生が毎日500~1000円使うのが当たり前なんだとか。それ以外にも母親がお弁当に彩りで入れてくれたカイワレ大根を雑草とか言われました。マジで世の中を舐《な》めてますよね。

「健斗、目に光がないよ……。ごめんって嫌なこと思い出させて。今度一緒に行かない?」

「奈月と一緒なら行ってみたい」

「おっけ。今度行こ」

コーヒーを飲むことは別に嫌いではない。親が飲むので一緒に飲んでいるうちに飲むようになった。ちなみに俺はコーヒーについてブラックしか飲めません。

そんな舌でオシャレなカフェの飲み物を楽しめるのかすらよく分かっていない。

「奈月は行くのか？　ああいうところはやっぱり」

「そうだね、やっぱり女子はそういうものが好きだよ」

「頻繁に行くと結構財布事情厳しくならないか？」

「まぁ、そりゃね……。でもちゃんと節約するところはしているからさ。ほらちゃんと自炊するとかさ」


⁉


こ、こいつが自炊をしているだと……？

天地がひっくり返ってもそんなことをしないと思っていた俺は今この奈月の発言に雷に打たれたような感覚になった。

しかし彼女はそんな衝撃を受けている俺のことなど全く気付く様子はなく、そのまま話を続けてくる。

「ねぇ、自炊ってちゃんとやってる？」

「あー……。しんどい時はやらないな。実習がない時はまあまあ早く帰るしまだ気力あるからやったりするけど、実習ある日はしんどくて作り置きしたものか冷凍を電子レンジでチンっていうパターンが多いな」

「へぇ……毎日体に悪いものしか食べてないのかと思ってたけど、意外にちゃんと作り置きとかするんだ」

「意外には余計だ。お前こそいかにも料理が出来なさそうじゃないか。自炊しているなんて嘘だろう？」

「心外すぎる。私のどこをどう見たらそんな発想になるのか」

いやいや。そのチャラチャラした見た目といつも脱力した様子からして絶対に料理出来ない女の雰囲気が漂っていますけれども。

あとそのコメントも料理が出来ない女がいかにも言いそうな言葉だ。

「お前が料理作るとこを想像すると嫌なイメージしか浮かばないんだけど……」

「むかつくー、絶対にその発言後悔させてやる」

「じゃあ何が作れるか言ってみ？　カレーか？　シチューか？」

「クッソ腹立つうううう！　そんなの材料を切れたら出来るようなラインナップじゃん！　どっちもほぼ作る工程同じだし！」

「そんなことないぞ？　まずは焦がさないように炒《いた》められるか。あと水の分量を間違えないか。あとは……カレー作っている時にシチューの要領で牛乳入れないか？」

「なんで今日こんなに煽りがキレキレなんだ……」

俺の想像では、カレーが完成段階まで来て牛乳入れだして「バターチキンカレーみたいじゃない？」とか言って出してきそうなイメージだ。

それぐらい奈月が料理をするということが想像出来ない。

「分かった！　今度私の家に来て私の料理を食べればいいんだ！」

「え？　いやいいですよ、そんなの」

「マジで信用してないな、その目は！　何でも希望のものを作ってあげるから食べたいものを言ってごらんなさい？」

奈月はどうしてもこの俺の認識を変えたいのか意地になっている。

「そうだな、じゃあ別に何でもいいから和食を作ってくれよ」

「和食ね……」

和食というのは非常に手間がかかると以前、母親が言っていた。その上、外国の料理に比べて味はかなり繊細でなければならない。

果たしてこの難題にどう対応してくるのか。

「分かった。今度、筑前煮《ちくぜんに》や煮魚作ってあげる。だから今度は私の家に来なさい？　喧嘩《けんか》を吹っかけてきてまさか逃げるだなんてことしないでしょうね？」

「マジで作るのか……？」

和食とかいう難しい課題を出せばおとなしくなると思ったのに、割とちゃんとしたメニューを口に出して作ると言い張りだした。

「お酒も用意してあげるから来てよ。先週色々ごちそうになった分は私だって返したいし、それで今の認識変えられたら最高だしね」

「分かった。またその予定も考えようぜ」

「うん。出来るだけ早めに見せつけたいね。本当にごめんなさいって言わせてやるんだから」

奈月はめちゃくちゃ気合いが入っている。その気合いが空回りしないといいがな。

「ただめっちゃまずかったら俺たちの関係もここまでだ。俺は飯にはうるさいからな。まずい飯を食わされた相手は海よりも深く恨むぜ？」

「作り置きや冷凍で普段小さくまとまっているやつが偉そうに……。絶対においしかったって悔しそうな顔で言わせてやる……。私の料理食べた後、もう作り置きが食べられないって泣いても知らないんだから！」

なぜかカフェの話から料理についての熱い話になったこの午前の講義。残念ながら話に夢中になりすぎてほとんど聞いていなかった。

26話　普段から丁寧に！

「……」

「……け、健斗《けんと》君」

今は実習の時間。俺は今あることにぶつかっていた。夏帆《かほ》が俺を励ますように声をかけるが、残念ながらその癒しの声は俺の耳には届いていない。

なぜなら俺は今、実習のテキストに書かれたある課題にぶつかっていてそこからなかなか前に進めていないからである。

今、集中力をマックスにしてその課題に取り組んでいるために夏帆が気を遣ってかけてくれた声も聞こえていない。

持ったシャーペンを動かす手を俺は丁寧に進める。そして――――。

「よし！　出来たぞ！　今度こそ！」

「はい！　今回こそいけるはずですね！」

「おう！」

俺はやっと夏帆の声に気が付いて元気よく返事をして、ある決戦の場所に向かう。

そこに待ち受けているのは――。

「はい、これで何回目かな？　佐々木《ささき》君。今回こそちゃんと出来たんだろうね？」

教員が待ちかねたかのように手を出してくるので、俺の最大限の力を注ぎこんだテキストを手渡す。

そして教員がそのテキストに描かれた俺の力が結集したものをまじまじと見つめた。

「ふむ……」

「どうでしょうか！」

「うん、まだダメだね。ちゃんと形が綺麗に描けてないし。雑すぎじゃない？」

「いや、これ本気で描いてこれなんですけれどもそれは……」

「はい、もう一回やり直しー。これは長くかかりそうだねぇ？」

教員の煽り言葉を喰《く》らいながら俺はテキストを突っ返された。そのテキストを持ってとぼとぼと自分の実験机に戻る。

「また……ダメだったよ……。申し訳ない」

「い、いえ！　私は大丈夫です！　こればかりは私は助けられないので応援とかしか出来ませんが……。健斗君が終わるまでずっと待つのは苦じゃないですよ」

夏帆はいつも通り優しい笑顔で俺を励ましてくれる。今日ばかりはちょっとでも恨み節が出てもいいぐらいなのに、そんな雰囲気は一切出ていない。女神である。

ちなみに俺は何をしているかと言うと――スケッチである。

何のスケッチをしているかと言うと、様々な器官や臓器の標本を顕微鏡で観察して特徴的なところを見つけてスケッチするというものである。プレパラートの数は大量にあってスケッチする量も多い。結構大変である。

え、大学生にもなって美大生でもないのにスケッチなんかするのかと思ったそこの君！最初は俺もそう思っていました。

しかし残念ながらスケッチをする場面がありました。小学三年生で初めて理科の授業で周りの植物や動物を描いてみましょうのあの時からずっと自分のスケッチって下手《へた》くそだなぁと思いながら約10年以上。まさかここで一番躓《つまず》くとは思いませんでした。

ちなみにこのスケッチが教員に通りさえすれば今日の実習は終わりなのだが、俺が躓きまくっているせいで夏帆はだいぶ早く終わっているのにずっと待つ羽目になっている。申し訳なさ過ぎてマジで泣きたい。

当然みんな知っているとは思うが、スケッチというものは美術センスとかそういうのではなくてちゃんと対象物の特徴的なところを重点的に丁寧に描けているか。

こういうのをやると普段から〝かく〟という行為をどうしてきたかがよく分かる。文字を書く。スケッチ、絵を描く。どちらの〝かく〟にしてもちゃんと丁寧に普段からやってきたかが問われる。

分かりやすく言えば、普段字を雑に書いている人が大事な書類を前に丁寧な字を書くことに苦労したり、何度もやり直しさせられるあれのこと。

俺は今、そのスケッチバージョンになっている。どういうこっちゃ……。

ちなみに奈月《なつき》のほうはさっさと終わらせて俺の背中を小突いて「お先ー♪」と言いながら楽しそうに帰って行った。

もう周りを見回せば半分近くの班が帰っているし、教室に残っている人たちも荷物をまとめて帰る準備をしている。

「ううっ……。ごめんよ、夏帆。俺が非力なばかりに……」

「いえいえ。なんかひもの結び方といい、スケッチのことといい健斗君の苦手なところが見られて私としてはちょっと楽しいです」

やっぱり夏帆って隠れドSじゃないかな。

「夏帆、この後バイトとかそういった予定のほうは大丈夫？」

「そういうことはしていないので全然大丈夫です。落ち着いてゆっくり終わらせてくれたらいいですよ」

そんな優しい夏帆に励まされながら俺はスケッチという強大な敵に立ち向かった。

「何ですかこれ？　臓器にダンゴムシなんか付いていたら一大事ですよ？」

「……」

「これは……。ミミズか何か？」

「……」

～30分後～

「……まぁ、いいでしょう。これで受け取ります。佐々木君はとってもスケッチが下手くそということがよく分かりましたよ」

「すみませんでした……」

やっとのことで教員が渋い顔で俺のテキストを回収した。ちなみに教員といっても普段講義をする教授や、生徒とかなり年の近い人もいる。そういう若い人の中にはコミュ力ある人がいて、生徒と友達感覚で話す人もいる。この人はちなみに後者のようで俺は軽いノりで結構ぼろくそ言われた。まぁでもこの人以外の教員に見せたらさらに長引きそうだったし、大目に見てくれたようでここは感謝。

何はともあれ、長きにわたる闘いが終わった。

「お、終わった……」

「健斗君、お疲れ様」

周りを見るともはや誰も教室には残っておらず、終わったのは断トツの最下位。俺が疲れた顔をしている場合ではない。一番大変だったのは夏帆であることに間違いないのだから。

「ご、ごめん……。こんなに遅くなっちゃって」

「いえいえ」

「さあさあ、君たちが最後だからパパッと部屋を出ちゃって。もうここの部屋の電気消すよ？　まさかこんなにかかると思わなかったし」

俺と夏帆はそんな教員の言葉に促されて教室を出た。ロッカーで着替えて荷物をまとめたらやっと家に帰れる。

「健斗君があんなにげっそりしているところはなかなか見ることが出来ないでしょうからいいものを見せてもらいました」

「いやぁ、お見苦しいものを」

「解剖とかしている時はすごく冷静に作業を進めていたので、何でも器用に出来るのかと思ったらこういうところがダメっていうのがまた……」

「そ、そんなに面白かったのか……」

「はい。この世の終わりみたいな顔しながらスケッチしていましたよ？」

　耐えられないとばかりに夏帆が楽しそうに笑っている。随分と待たされたことを怒るのではなく楽しそうにしていてくれてちょっと救われる。

「これがギャップ萌《も》えというやつか？」

「うーん、こんなに待たされるギャップ萌えはちょっと……」

　意地悪そうな笑みで俺をさらに揺さぶりにかかる。今日のこの失態では、もはや何も言い返せない俺。

　夏帆もだんだんと打ち解けてきてこういう面がよく見えるようになってきた。ぶっちゃけ上品な感じで雰囲気が堅かった最初のころよりもはるかに魅力的だと思う。

「うう……。今度飯でも奢《おご》らせてください」

「はい！　ではお誘いを期待させていただきますね！」

　夏帆を今度また一緒に食べに行ったところにでも誘うか、それとも休みの日にでも誘うか。それは後々考えよう。

本気で丁寧に文字を書く、絵を描くということをしようと改めて俺は決意したのであった――。

27話

夏帆からダメだし

「そういえば夏帆《かほ》はGWの予定はどうするんだ？」

「実家にとりあえず帰ると思います。時間があれば帰ってきなさいという家庭なので。健《けん》斗《と》君はどうされるのですか？」

「俺はこっちにそのままいるかな」

　俺自身はスケッチという思わぬ敵に苦戦した今日の実習であったが、周りのみんなはその予定について空いた時間に盛り上がっていた。

「来週の実習が終わっちゃうとしばらく実習もお休みだし、講義もお休みになっちゃうので健斗君とはしばらく会えませんね」

　そう少し残念そうに言う夏帆はとてもずるいと思う。

　この数日間の実習で俺と夏帆はかなり仲良くなった。最初の絡みからそれほど悪くはなかったが、ここまで仲良く出来るとは思っていなかった。

「ま、休みなんてすぐに終わっちゃうから」

「こっちに残れたら健斗君の今日の失態をしっかりと責め立てて、ご飯をごちそうになる以外にも色々おねだりしちゃおうかなって思っちゃったんですけどね」

そうくすくすと笑いながら話す夏帆。とても可愛らしい。

「別にGWじゃなきゃダメってことはないぞ？　普通の週末でも夏帆さえよければ俺は夏帆のそのおねだりとやらに応えるけど？」

「本当ですか？」

「今日はなかなか派手にやらかしたからね……」

ちなみに今回のスケッチで散々だった俺のせいで俺たちの班が実習を終えた時間は一番早いところと比べて2時間近く差が付きました。ひどすぎる。

正直飯を奢る以外にも出来ることがあるなら、何でもやらせてほしいところだ。

夏帆は楽しそうにずっと笑っているが、内心『やってくれたなこの野郎』って思われているに違いないと今でもびくびくしている。

「じゃあ、実習が落ち着いてからでいいので一緒にお勉強とか週末にお出かけとか……あ、欲張りでしょうか……？」

「お、おおう……。一緒に勉強だと分からないことがあって結局夏帆に教えてもらうほうに回っちゃいそうだし、お、お出かけか……」

　飯を食うっていうことをしたし、その延長線上として夏帆相手なら大丈夫そうだと普通の人なら考えそうだが、ぶっちゃけ俺からすれば不安しかない。

　まず、家族以外の買い物に付き合うということは今までしたことがない。家族ならスマホでゲームでもしていればいいんだけど、夏帆との買い物でそんなこと出来るはずもない。

　だからといって一緒にいて反応がいまいちだときっと夏帆はしょんぼりするに違いない。お出かけしたのはいいものの、夏帆に悲しい思いをさせて距離が出来たとかいうことに本気でなりそうで怖い。

「やっぱりそこまでは厳しい……ですよね」

　そんなことを思っていると一番恐れていた表情を現在進行形で夏帆がするので、俺は慌ててとっさにこう言葉を口にした。

「そんなことないよ！　夏帆のためなら何でもする！」

「ず、随分と腰が低いですね……。そんな風にわがままを聞いてもらうつもりではなかったのですが」

「うーん、逆にそれくらいさせて欲しいな。今日は散々でいっぱい迷惑かけちゃったし。それに夏帆と実習以外でも何か一緒に出来ることは単純に嬉しいしね」

「そ、そうですか……そう言ってもらえるのはとても嬉しいですが……」

「？」

夏帆の要望をすべて聞くと言ったのに、彼女の反応があまりよくなく、歯切れの悪さに俺は首を傾げた。

「健斗君は自分のミスを気にしすぎだと思いますよ。誰だって得手不得手はありますし、少なくとも合計９週間ともに実習を行えばお互いにミスだってありますし、苦手なことがあってお互いに足を引っ張ってしまうこともあると思います」

「そ、それはそうだけど……」

夏帆の言っていることは分かる。確かに助け合って行うための二人組だということは俺だって十分に承知している。しかし、今日の失態はさすがに自分を責めなければならないと思う。俺がちゃんと人並みに出来ていれば、夏帆はそれなりに早く帰って講義や実習の復習や自分の用事に時間を割くことだって出来たわけだ。

これほど優しくていい子が、自分のせいで不自由な思いをする。

そんな気持ちだけがあふれ出てくる。

「私だって解剖の時はあたふたしました。手際も悪くてなかなか作業は進まないし。それでも健斗君が助けてくれたから何とかなったんですよ？」

「でもあれは……。女の子にとって刺激が強いことだし今回のこととはちょっと違うような……」

「何も違いませんよ？　解剖は血が出たり、グロテスクだから違うとでも言いますか？　苦手なことはどんな理由があれど、時間を取られたりうまくいかないものです」

「……」

「それとも、その時の私の手際が悪いことに苛立《いらだ》ちを感じてストレスがたまるようなことがあったからそう思っているのでしょうか？」

「そんなことは絶対にない!!」

「そうでしょう？　あの時優しく励ましてくれた健斗君の表情にそのような感情は全く含まれていませんでした。私だって同じです。むしろホッとしたぐらいです。だから言いましたよね？　〝健斗君の苦手なところ見られて楽しい〟って」

　あの夏帆の発言はS気質だとか思っていたけれども、そのような心理から発せられた言葉だったようだ。

「だから気にしすぎです。そういうところ、女の子は減点対象として見ちゃいますよ？」

「直します……」

「はい、素直でよろしいです。まぁ、でもそんな気にしすぎちゃうという健斗君のダメダメポイントが発覚したので私のわがままは全部聞いてもらいますけどね」

「はい、仰せのままに」

まさかの夏帆からの優しいダメ出し。普通の女の子なら黙って俺から距離を取りそのまま離れていくところだろう。

自分でも悪いところだと分かっている。直さないといけないと分かっている。

誰よりも繊細で気にしすぎ。一つのミスに異常に怯《おび》える臆病者であるこの性格を。

それでもなかなか直すこと、いや消し去ることの出来ないこの感情をこの優しい女の子と一緒にいれば直すことが出来るのだろうか。


——すべては自分が悪い——


この言葉が『あの時』自分の心に鋭いナイフのように突き刺さって以来、そのナイフが抜けずにそのまま傷口を抉《えぐ》り続け、流れ出る血のように今の自分の繊細さが表に他人に伝わるようにあふれ出る。

「ほら、また悪い表情をしています。ダメです、考えこんじゃ」

俺の顔を少しむっとしたような顔で覗《のぞ》き込んで言う夏帆の姿にハッと俺はわれに返った。

「ごめん」

「健斗君はもっと楽に考えるほうがいいと思います。だから今度は私と楽しいこと色々しましょうね」

「うん」

むっとした表情からすぐに優しい笑顔にふわっと変わる。その笑顔を見ると心が明るくなる。

「また実習で実家に帰った時の土産《みやげ》話とかいっぱい聞いてくださいね」

「もちろん、夏帆がどんなところで育ったのかとかすごく聞きたい」

「何もないところですけどね」

「俺の実家もそんな感じだわ」

そんな話に盛り上がりながら夏帆を駅まで送った。

28話 実はあんまりオシャレしない奈月

俺が大学で講義、実習をはじめとして色々なところで同じ立場である生徒を見て思うことがある。

——みんな非常にオシャレさんだと——

女の子は今どき小学生でもブランドにこだわったり化粧をしてみたりするくらいらしいので当然オシャレであることにあまり驚きはしない。

ただでさえ校則厳しくてスカートの長さについて教師に色々言われることを分かっててもスカートの丈を校則ぎりぎりまで意地でも短くしているくらいだからな。当然のごとく化粧や私服の自由に加えて実習の時さえ外しておけば指輪とかもしていていいわけだからね、そりゃオシャレですわ。

それよりも俺が衝撃を受けたのは————同じ男に対してである。

ある程度髪を染めているやつとかがいるであろうということは予想していた。当然パリピというやつがいてそういうやつは服もオシャレで……っていう予想ぐらいは。

言い方は悪くて申し訳ないが、ほぼ遊んでいるだけの大学生の連中だけがそういう恰好《かっこう》をしているものだと思っていた。

実はそんなことは全くない。

俺の学部は具体的には言わないが、国家資格を最終的に取るという目的のある学部。日々かなり勉強をしないといけない学部だ。俺はそういうところの生徒は少なくとも男の外見はそんなに高校の時と変わらずにいるものだとばかり思っていた。

「……この学部でもがっつり髪染めているやつとか、ピアスとかつけているやついるよな。男でも」

「何よ今更。もうこの大学に来て何年目よ」

奈月《なつき》にそうあっさりと言われてしまった。だが、事実そうではある。この大学に来て三年目。そういう光景も当たり前になりつつある。

「ま、健斗《けんと》がダサすぎて終わってるからまだ抵抗あるだけでしょ」

テキストにメモを取る彼女にバッサリと言い切られた。

「言い返せねぇー……」

「そういうところでも彼女がいるいないが結構影響するってことよ。彼女がいたらちょっとでもかっこいい恰好をしようと思うでしょう？　それがそのまま日常生活に影響していくのよ」

「なるほど。その日常生活の私服が死ぬほどダサい俺は……」

「ダメな男っていうのが一目でバレる。ああ、陰キャくそ童貞だなって女に汚物のような目で見られて終わる。以上」

確かに彼女がいれば、自分からどんな服を着ればいいかとか見た目をすごく気にするし、彼女から「こんな感じがいいな〜」とか言われてそれに嬉《うれ》しそうに応えて見た目変えるんだろうな。控えめに言って爆発しろや。

「ああいうちょっとチャラい見た目に憧れるわけ？」

「いや、はっきり言って全然憧れない」

俺の家ではとにかく父親も母親も厳しかったし、男が髪を染めるだなんておかしいっていうような環境で小さいころから育ってきたので髪を染めたいなんて思ったことは普通にない。

俺としては芸能人とかスポーツ選手とか色々人の目に付く人ならいいと思うけどね。俺はそういう人じゃないから。

「ならそのままでいいじゃない。ただ、私服の組み合わせだけは本当に何とかしたほうがいいと思うけど」

「……善処します」

今日は冷静に辛辣な言葉をぶつけてくる奈月。最近知ったことだが、あまりにも事実であることについてこいつはこのような言葉をぶつけてくる。汚い字、私服のダメダメなセンス。このあたりは本気で直さないといけないようだ。

「そういえば、お前ってあんまりオシャレっていうオシャレしてないな」

「なんで？　今日も私最高に可愛くない？」

「いやいや、そういうことじゃなくて。ピアスとかネックレスとかネイルとかしないんだなって」

髪の色とか服はすごく派手でオシャレだとは思うが、それ以外のところに関してはほとんど何も手を加えていない。

「そうね。ネイルはしちゃうと爪が空気に当たらないじゃない？　何かにコーティングされたあの感覚嫌いなのよ」

「なるほどな。それ俺の母親も言ってたな」

母親曰《いわ》く「爪で息が出来ない」。そのあまりにもおかしな表現は多分、奈月が言ったようなことが言いたいんじゃないかと思う。

「そのほかの装飾品もたくさんつけると重くて邪魔だっていうのもあるし、値段も無駄に高いしねぇ。これくらいの年になるとつけているブランドとか質みたいなのも気にしないといけないし」

確かにこの年になってあまりにも安価なものをつけていると逆に笑いものになってしまうだろう。つけていなければ別にそういうことを気にする必要がないということは一理あると思う。その発想にすら俺はたどり着いていなかったけど。

ただ、奈月は右手に指輪だけはつけている。誰かからの貰《もら》い物とかだろうか？

やはりその相手は……。

「この指輪は自分でつけているだけだよ。何を想像した？」

俺の視線に気が付いたのか、手をプラプラとさせながら奈月はそう言ってきた。

「な、何でもない！」

「どうせ彼氏からもらったのつけているんじゃないか〜とか想像してちょっと凹《へこ》んだんでしょ？」

「ち、違うし……」

やっぱりいるのかなってほんのちょっと思っただけだし。別にこんなやつに彼氏がいたって……ちょっと元気なくすだけだし。

でもそうじゃないって知ってなんかちょっと喜んでいる自分がいたので心の中で喜んでいる少数派に爆弾を投げて処理しておいた。煩悩は消え去れ。

「まぁちょっとこの指輪から新しい指輪か、外してブレスレットとかネックレスに変えてもいいかなって思う。指輪だと実習の時は外さないと怒られちゃうからねぇ。ブレスレットなら袖の内側入れちゃえばいいし、ネックレスなら気にしなくていいしね〜」

確かに指輪をつけていて外すように教員に言われていた生徒を過去何人か見たな。それに頻繁に外したりしているといつかなくしそうだしな。

「うーん、新しいのが欲しいな」

そんな悩んでいる奈月の姿を見ていると、なぜみんなどんなに学業が忙しくてもバイトをしたがったりするのか分かるような気がする。

人との付き合いや人にそれなりにいいように見られるためにはやはりお金がかかる。

今まで俺は承認欲求のためだけによくそんなに金を使ってそのためにバイトが出来るなぁとか思っていたが、奈月に見た目に関しての話を聞いたりするとなんとなくそういうことも大事なのかなって思うようになった。

当然承認欲求というのもあるだろうが、あくまで根底にあるのは自分磨きということだろう。陰キャの俺にはそれが圧倒的に足りていない。少しは奈月の姿でも見てオシャレについて勉強してみるかね。

「ねぇねぇ、健斗」

「何だ？」

「これ欲しい」

彼女のスマホの画面に映っているのはネックレスで女子がつけるものらしく見た目は非常に可愛らしいのだが値段が非常に可愛らしくない。

「ふざけんな！　俺の一ヵ月の食費以上するじゃねぇか！」

「オシャレってお金がかかるんだよ……」

「知らんがな！　自分で何とかしろや！」

オシャレって大変だな。やっぱり俺は今のままでいいような気がしてきた。

29話　連休前の講義はカオス

大学生としての時間はとても速く感じる。気が付けばもう四月が終わって、五月を迎えて明日からはもうGWである。

それだけ、忙しくてもとても充実した時間を過ごせているということなのだろう。

中学高校なんて誰もがあっという間とか言うけど、俺にとっちゃただの苦痛でしかなかったのでそんな体感は全くなかったからね。

講義では今までいつも一人寂しく受けて結局のところ字が汚かったり小さかったりして分からなかったものや、理解出来なかったものはあとで自ら追加で調べるということをしていたが、奈月《なつき》が隣にいてくれるようになってからはお互いに助け合って講義を受けられるようになってかなり楽になった。

最初こそ億劫《おっくう》だった実習にもかなり慣れてきて、実習の中で行う実験や作業、雰囲気にも対応出来るようになって大分楽になってきたものだ。

この実習ではペアの夏帆《かほ》のおかげでとても助かっている。彼女とはとても話しやすく、その上とても優秀でレポートの課題等々分からないところをたびたび助けてもらっている。

ちなみに以前小テストについて夏帆に助けを求めたが、その夏帆の助けのおかげで全体の85％ほどが補講や追試になったのに俺たちはならずに済んだ。

ただ、先週のラットの解剖では臓器を取り出すという採血よりもより刺激が強いことをしたので、夏帆は実習中半泣きだった上に、終わった後は放心状態で目をしばらくぐるぐる回している状態になっていてちょっと大変そうだったけれども。

なんだかんだありながら、隣にいる女の子たちに助けられながらのこの一ヵ月間、自分で振り返っても充実していたと思う。

今日はGW休み前の日で今週は実習が休みになっていて、今日の午前の講義終了をもって休みに入る。中にはこの講義が終わった足でそのまま実家に帰るつもりなのか教室にキャリーバッグを持ってきている強者《つわもの》までいる。

その少しでも早く実家に帰ろうという気持ちはとてもいいことなのだが、さすがに場所を取るのでどうかと思ったりもする。だが、もう講義を休んでしまっている者よりはちゃんと講義を受けて帰ろうとするだけまだいいほうか。なにはともあれそれだけみんな休みを楽しみにしているということだろう。

「ふう、この講義が終わったらちょっとゆっくり出来るね。実習の先生も気を遣ってくれたみたいでレポートはこの期間に出さなかったし」

「いや、俺はお前が遊びに来るせいで全然ゆっくり出来ねぇよ」

それにレポートだってGW挟むとどれだけ口酸っぱく進級出来なくなるかもしれないって言っても平然と忘れるやつがいる。もう休みに入ると課題出さないからここでやって終わらせて帰れってほぼ諦めたような口調で言い放って休み明け提出という形をやめただけだし。マジで教員、教授の皆さんは大変だと思う。そりゃ禿《は》げると思う。

レポートとか提出しないといけないものを出さなくて困るのは生徒だけじゃない。それに対応したペナルティや追加課題を考えたり、それを見ないといけない教授も死ぬほど大変なのだ。実質仕事が増えるのと変わらない。

「二泊三日ですぜ、兄さん。泊まるとは言ったけど一泊二日なんて誰が言った？」

「ちっくしょー……。人の都合というものをちょっとは考えろや！」

「どうせ暇なんでしょ？　いいじゃん」

「くっそー……。こんなところでもボッチというものは不利に働くのか……」

友達がたくさんいれば必ずどの日かどこかに遊びに行こうという話にでもなりそうなもんだからな、そういうことがないボッチには言い訳に出来る材料もないというわけである。

雑魚《ざこ》過ぎて泣ける。

まぁなぜ二泊三日というスケジュールになったかというと、先週いつも通りぼんやり講義を聞いているといきなり奈月から「連休のお泊まりについてだけど、二泊三日ということでよろしくー」とか言われてしまった。

俺は思わず「はぁ⁉」と声をあげそうになってしまったのだが、その時の講義をしている教授が結構怒鳴り声をあげる怖めの人だったので、教室の中全体がいつもよりも静まり返っていたためにその声を慌てて自分の中に封じ込めた。

休み時間に散々言い返したが、全然聞き入れず結局そのまま押し切られて今に至るというわけだ。

俺の発言権が弱すぎて泣ける。

「お前、着替えとかどうするんだよ。まさか俺の部屋で洗濯するとか言わないだろうな⁉」

それだけは勘弁してくれないと困る。目のやりどころとか気持ちの問題とか色々。

「なーに気持ち悪いこと考えてんの？　家が近いんだからそれくらいはあっち行って持ってきたり置いてきたりすりゃいいじゃん」

「それさ、俺の家にわざわざ泊まりに来る必要あります？」

「ちっちっち。分かっていないなぁ……。これだからボッチは。小学生中学生の時クラスの友達の家に泊まるということと同じなのだよ」

なんだろう、めっちゃむかつくけど確かにその理論だと納得出来るかも。ただ俺の場合、小学生の時は友達とよく遊んでいたがお泊まり会というやつはしたことがなかった。っていうかしたいと思わなかった。親に散々食事などのマナーで怒られ続けてきたので、あまり他人の前でご飯を食べるとか他人の空間で生活感を晒《さら》すようなことをしたくないと思っていたことが一大要因であった。今思えばこういう面からだんだんと少しずつボッチの才能が開花していったような気もする。

そんな話をしていると講義が終わった。休み前ということでみんながそわそわしているのもあって教授が気を遣って早めに終わりにしてくれたようだ。

みんな出席カードを教卓前に出すとものすごい勢いで出口に向かっていく。いつも出ないその猛烈なエネルギー、分かるぞ。休み前だけ出る高揚感のあれな。もう何でも出来そうな気がするからな。

そんなエネルギーを異常に帯びた大群が教室から出ていくまで俺たちは少し待つことにした。出口はどこも映画終了後になるような大渋滞になっている。

その渋滞は5～10分もすれば消え去り、あっという間に静かな教室が出来上がる。俺たちのように少し待ってから出ようとする者やまだ教室で話をする者。そして教授のみ。

俺たちも教卓の上に出席カード出して教室を出た。

「やったぜ、GWだあああ～～～～～～」

「はぁ、こいつとGWの大半を過ごすのか……」

そしてそんな気の抜けた会話をしながら校舎を出てそのまま奈月と別れて帰宅する。まだまだ昼間でこんなに早い時間に帰るのは久々である。

「掃除するかぁ……」

今日は以前よりも念入りにいろんな箇所を掃除しておかないといけない。そのほかにも洗濯機を今日着ていた分も含めて回せるだけ回しておくことにしよう。まだ昼間であるし、今から回せば明日までには乾くだろう。

明日からはGW休み。そしてこの連休をほぼ奈月と過ごすことになる。

何もなければいいけど、何も起きないわけがないよなぁ。せめて楽しい休みになりますように……。

30話　買い出しに出かけるだけ

結局、連休前の楽しいお昼以降の時間はすべて掃除や洗濯に使うことになってしまった。散らかっている物の整理整頓から普段はそこまで念入りに掃除しないところまで丁寧に掃除をした。こういうことをするとかなり時間がかかってしまうもので全て自分の納得のいく仕上がりになるころにはどっぷり夜になっていた。

「あいつさえ来なきゃ幸せな昼の時間が堪能出来たというのに」

とは言ってもどうせ昼寝をするだけだったのだったし、こうでもなければ掃除もしないので綺麗《きれい》な部屋を見ると悪い気はしない。

綺麗になった部屋に満足していると、スマホが震えてメッセージが届いたことを知らせる。

―明日、9時にはそっち行くから。休みだからって寝てないでちゃんと起きといてね。こればかりはちゃんとした理由があって拒否権ないからね―

「マジかよ……」

ちゃんとした理由って何だろうか。これで大したことない理由だったらしばくかもしれない。

大学生になり、一人暮らしをするようになってからは嫌でも一人で起きなければならない状態になったが、俺は低血圧で寝起きがとても悪く朝のテンションの低さはかなりのものである。

ちなみに過去、中学時代に父親をそれでぶちギレさせて頭からヨーグルトをかぶった記憶がある。何とも言えない感情になったような気がする。

大学に行かないといけない！　ってなると目が覚めるが、休みだと分かっていると体がもう本当に言うことを聞かないので朝9時は鬼畜なのだが。

前回の10時ですら相当厳しかったのに、1時間も早く起きろと言うのか。

それに干した洗濯物を取り込んだりすることも考えると、8時には起きないときついのでは？

—奈月《なつき》さんよ、もうちょっと遅くてもいいんじゃないのかい？—

—ダメ。寝ててもいいけど、マジで家のドア思いっきり叩《たた》きまくるからそれが嫌ならちゃんと起きといて—

「害悪すぎる」

俺の眠りを邪魔するだけでなく、ご近所さんたちまで迷惑をこうむって俺の肩身が狭くなる。もはや起きるしか選択肢はない。

「……早めに寝よう」

いつも休みの日はお酒をちびちび飲みながら好きな本を読んだり、動画を見たりしているというのに。

ちなみにテレビもあるが、見ていない。好きな野球中継もファンのチーム致命的に弱いからね。どこかとかは言わないから勝手に予想して煽《あお》ってくれたらいい。

ということで俺はいつも平日に寝る時間と変わらないくらいの時間に就寝した。

朝。

鳴らない予定だったアラームが大きな音を立てて鳴り響く。体が今日は休みということが分かっているためになかなかいつものように体を起こすことが出来ない。

結局、最近は起きることに慣れてきてあまり使わない技になりつつあったスヌーズ機能をフル活用して何度も止めるうちにだんだんと起きる作戦を決行した。

そしてなんとか8時前に起きると顔を洗って歯を磨いてさらに目覚めを促す。干しておいた洗濯物を取り込んで今日着るものを残してそれ以外はすべて畳んで片付けておく。これでいつ奈月が来ても問題はない。

すると9時にはコンコンとノックする音が聞こえたので、急いでドアを開けに行く。

「おはよ。さすがにちゃんと起きたのね」

「なんだよ、こんな早い時間から来やがって。何があるっていうんだ」

「その理由を一言で話すと〝買い物に行く〟ためよ。着替えているようだし、財布だけ持ってきて。早く行きましょ」

「は？　買い物だって？」

「いいから早くしなさい」

真面目な奈月の表情に押されて俺は財布を持って自分の部屋を出るとそのまま外に出て奈月について行く。

「どこに行くんだ？」

「近所のスーパータイエーに行くのよ」

「は？　そんなの昼過ぎからでもいいだろ」

「あっまい！　甘すぎる！」

俺の言葉にすごい勢いで反論する奈月に感じたことのない力を感じ、びくりと体を震わせた。

「いい!? 連休しかもGWということは家族が集まるからオードブルみたいなものが基本的に売れるわけ！　普段家庭料理で使うような食材は休みだと仕入れが少ない可能性が高い！　でも買う人は普通にいるから自然と競争率があがるのよ！　主婦を舐《な》めちゃいけない！」

「そ、そですか……」

確かに母親も安売りの広告を見ては「仕事帰りでは買えねぇだっつーの。主婦を殲滅《せんめつ》しろ」と言っていたな。

だが、気になることがここで一つ。スーパーに入りながら、奈月に聞いてみる。

「家庭料理で使う食材って……そんなの買うのか？　別に俺がちょこちょこっと作る料理の食材くらいはあるけれども」

「……ちょうどいい機会だからこの二日間で色々私が作ってあげるわ。前に約束したでしょ？　絶対に後悔させてやるって」

あのやり取りのことをまだ意識しているらしい。開店したばかりで綺麗に並んでいる生鮮食品を見極めていく。

「別に作るのは構わんが、失敗していたたまれない空気にだけはしてくれるな。あと俺の家から火事とかになったら責任取れよ」

「腹立つー……。だから今日にでも料理出来るってところ証明したいんだっての」

そんな話をしながら買い物を進めていると海鮮コーナーに来た。確かに奈月の言う通りで多くの主婦がいつもよりも少なめのラインナップを品定めしている。

「これがいいかな」

「カレイ……。煮つけでも作るわけ？」

「そうよ」

大丈夫なのだろうか。ちゃんとこのカレイの切り身がおいしそうな姿となって俺の前に出てくることは出来るのだろうか。

ダークネスになって出てくるところだけは見たくない。

「あとは……」

奈月がその後進んだのは精肉コーナー。メインは魚と決めているようなのだが、肉を使う場面でもあるのだろうか。

「今日はさすがにないかなぁ……。あ、あった」

奈月が手に取ったのは鳥のセセリ。ちなみに俺が酒のつまみにしているやつである。永遠に食える自信があるくらいには好きである。

「健斗《けんと》ってセセリ好きでしょう？　これで何か一品作るわ」

「あれ？　お前に俺セセリが好きだなんて言ったっけ？」

「言ったも何も、前回たこ焼きの中身の一つとしてあらかじめ焼いておいたやつを生地に入れずにちょこちょこつまんで幸せそうに食べてたじゃない」

そういえばいつものように食べまくったな、あの時も。

「だから好きなんだろうから何かこれで作ってあげるわ。感謝するといいわ」

「いや、別に塩コショウだけでいいんですが……」

当然そんな俺の声を聞くこともなく、よさそうなセセリを選んでとっとと彼女は次のコーナーに向かってしまった。

そしてあらかた買うものを選び終えた。

「財布持ってきてもらったけど、面倒くさくなるから私がここで払うね。後から買い物金額の半分を私に頂戴」

「おけ」

支払いを終えると、買い物袋に買ったものを入れていく。当然のごとく、俺が大量の荷物持ちをやらされる。

奈月はしっかりとお酒を大量に買ったので、それが重くて仕方がない。家まで徒歩10分余りだが、外はもう暑いのでだくだくと汗をかきながら持った。

一方、奈月は少しの荷物を優雅に持っている。死ぬほどむかつくんだけど。

31話 連休の中で一日は必ず脱力する

汗だくで普段の二倍近く重い荷物を引きずってやっと家に到着した。いつもならもっと夕方以降に買い物に行ったりするので、こんなに日差しがきつい時間帯に買い物に行くという行為をしたことがないだけに相当応えた。

「さすがにこの時間帯は拷問でしょうが……」

「こんなことでへばっているとか本当に20歳の男なの？　あなたが暑い暑いって言っているこの時間にも部活やサークルで一生懸命汗を流している人だっているんだけど？」

そんなことを言われても高校の時に部活には入ったが、最初の三ヵ月だけしか行かなくて幽霊部員になって毎年代わる代わる部長にキレられた話しようか？　ちなみにそういう状態だったのに学校の出席は皆勤賞でした。そりゃふざけているとしか思われないだろうな。

「大学は勉強する場所だからそんなことを言われても俺の心には響かない」

「なら高校時代だったら響いたってこと？」

「それ以上聞くな」

俺が高校二年になった時に三年生が引退して俺と同じ学年の真面目なやつが部長になった途端、辞めるのかやるのかはっきりしろといきなり言ってきて怖くなったのを思い出す。あの時ばかりは一応部活に行っているが、サボり気味なメンバーが「あの怖い部長がこの教室に来るまでにお前は帰れ」とか、すでに来ていた時は「ここに隠れとけよ！」とかなんかすごく助けてくれたのは今でも感謝している。

今になると分かるが、ちゃんとそういうことに対して意思表示をしないとみんなに迷惑がかかるということだ。本当に申し訳なかったと思う。

ただ、その時の俺はもはや誰に言っても仕方がないと思うほどに闇落ちしていたので幽霊部員でいいからほっといてほしいという思い一つだった。

そのころは親との意思疎通もまともに出来ていなくて、中学校は試験の成績がうまく出なくてぼろくそ言われ続けていたのをずっと引きずっていて部活を辞めたいという一言すら何かまた言われるのではと思って伝える勇気がなかったのだ。

「ダメだ。部活というワードがきっかけで健斗《けんと》が闇落ちしそう。地雷原がありすぎて話し難《にく》いな、ほんとに。闇落ちはそこまでにして大量に汗かいているからシャワーでも浴びれば？　私は買ったものを綺麗に冷蔵庫に収納しておくからさ」

「そうしよっと」

こいつが今日作る料理の素材なのでこいつが収納したほうが把握もしやすいだろうから、俺は奈月《なつき》の言葉に甘えてシャワーを浴びた。

タオルで頭を拭きながら部屋に戻ると、すでに奈月はまるで自分の部屋であるかのようにテレビをくつろぎながら見ていた。

「くつろぎすぎだろ」

「もうここもホームみたいなもんでしょ」

しかも俺がストックで置いておいたお菓子を開けて食ってるし。毎回思うけどなんであんなに食ってこんな食生活していてこいつはモデル並みに細いのか。

「そういうお前はさ、大学で部活やサークルには入らなかったのか？」

そう聞くと、彼女の体がぴたりと止まった。少しの間の後、彼女はただこう一言だけ言った。

「入ってたけど、もう辞めた」

その時の彼女の顔が複雑だったので、それ以上聞くことはしなかった。俺にだってそういうちょっとした嫌な過去はある。辞めたということはそれなりに面倒くさいことがあったのだろう。

相手から話してこない以上は深く掘り下げる必要はない。執拗《しつよう》に聞かれる面倒くささと辛《つら》さを俺はよく理解しているつもりだ。

「そうか」

俺はただそれだけ言うと、タオルを洗濯機の中に放り込んでそのまま奈月の隣に座ってお菓子を食べつつグダグダとテレビを見た。

「なんかさ、この地域のプロ野球チーム弱くない？　このテレビ局の地域にファンが多いからとはいえ、なんで負けまくってこんなにポジティブでいられるのか非常に謎なんだけど」

「それ以上言うなって。10年以上優勝出来ないとこういう雰囲気がデフォになるんだって」

この会話だけ見ているとつまんなくね？　って思う人もいるかもしれないが、いつも一緒に話している相手と気の抜けたこういう話をするというのはとても楽しいものだ。

「昼はそうめんな」

「あれ？　前回のオムライスよりいきなりランクダウンの仕方が激しくありませんかね？」

「前回と違ったメニューにしてやるだけありがたく思え！　ったく本当に文句の多いやつだな！」

そうは言いつつも、さすがに麺つゆだけでただ食べさせるのはちょっと俺のプライドが許さなかったのでトマトとツナを入れて冷製パスタみたいにして出してやった。

「へぇ、ちょっとはこじゃれた風なことは出来るんだ」

「風なってわざわざ言わんでもいいだろうが」

食べる前まではああだこうだ色々と言う奈月だが、食べ始めると幸せそうな顔をしている。

こういう表情を見ると今度は何を作ろうかなとかすでにそうめんを食いながらぼんやりと考えている自分がいる。待て待て、それではこやつの思い通りではないか。

お昼ご飯を食べた後はカードゲームをしたり、コーヒーを淹れてまた雑談をしたり。基本的に前回と時間の過ごし方は変わらない。

「明日さ、前にカフェ行くって話してたからカフェにでも行かない？」

「そうだな。人は多いかもしれないけど一緒にいるし、ちょうどいい機会だな」

「君にリア充の第一歩を踏み出させてあげようではないか」

「隣にいる人がもっといい人だったら言うことないんだけど。お前が一緒ということで評価59点」

「単位取れんかったかぁ……」

明日は奈月とカフェに行くついでに色々と街をふらつこうという話になった。人は多いが、奈月と一緒だと非常に助かる内容を提案されたからだ。

「健斗の致命的にダサい服、なんとかもうちょっとしゃれた服を夏に向けて買いなさいよ……。さすがにひどいから」

「奈月さんよ、明日街に行くついでに服屋で選んではくれんかね？」

「言われなくても選ぶわよ。健斗は黙ってついてくればいい」

「はい」

というわけで明日はカフェに行くのと俺の夏用の服を奈月が選んでくれるということでそのために街に繰り出すことになった。

そんな話を決めながら、二人そろって一日目は部屋の中でだらだらと過ごした。

そして夕方。

「よし！　じゃあ台所借りるわね！」

「ああ、どうか生きて明日を迎えられますように……」

ついに奈月が夕食を作るために立ち上がり、台所に向かった。俺はそんな彼女の動きに合わせて窓を開けて換気する状態にしておいた。

果たして奈月'sキッチンは無事成功するのだろうか。俺は手助けしたほうがいいのだろうか。

この二泊三日の予定の中で一番不安な時間を俺は迎えつつあった。

32話 速報：奈月は料理がうまかった

奈月《なつき》は今日の午前中の早い時間にスーパーに行って買い物しておいた食材をテキパキと冷蔵庫から出している。

「調理器具、当然だけど借りるからね」

「あいあい」

そんなやり取りの後、奈月はカチャカチャと調理器具を漁《あさ》り始めた。

「こんな特殊な調理器具をなんで持っているのよ……しかも明らかに使っている感じしないし」

「親が来た時になぜか持ってきた器具なんだけど、結局使わず仕舞いやわそれ」

「……こんなでかい鍋なんか持っていてどうするの？　誰も家に来ないくせにこんな大きな鍋要らないでしょうが。場所無駄に取って邪魔だろうに」

「誰も来ないくせにって言うな……」

そんな軽い奈月の言葉が俺の心にぐさりと深く突き刺さって痛みに苦しんでいる間に今回の料理で使う器具を見つけられたのかそれを出している。

「それにしてもこの部屋の台所めちゃくちゃ狭いわね……。これだと物切る時とかまな板落ち着いたところに置けなくない？」

「そうなんだよね、小さめのまな板使わないと間違いなく物を切りにくい。ただお前の今いる家はでかいかもしれないけど大体の大学生は俺ぐらいの規模の部屋だからな？」

ちなみに奈月の住んでいるマンションまで送って行った時、その時は言わなかったが超綺麗なでかいマンションだった。しかも見た感じ女性専用マンションといった感じで警備員さんいたし。

明らかにいいところのお嬢様が暮らしそうなマンションだったのだ。

そんなやり取りをしながら奈月が料理に取り組む姿を見るが、どうやら彼女が料理が出来るということは嘘ではないことは分かってきた。

料理が出来ないやつはまず包丁さばきからダメだ。料理というものはやはり切る作業が根底にあると思う。カット野菜とか最近あるけど、それでも料理をする時に全く切らずに済む料理なんてあまりないと思う。

包丁の動かし方を見るだけで手馴《てな》れている感じが出ているし、ＩＨコンロ二つをうまく使いながら同時に料理を進めているあたり、少なくとも料理をしていたら爆発して火事になりましたとかいうことにはならなそうだ。

だがしかし、味がちゃんとうまいかは別。それは食ってみないと分からない。どんなにおいしそうな匂いがしていたとしても、だ。

この味にとても厳しい俺の舌で絶対にこいつが作る料理にバッサリと酷な評価を下してやるのだ。

と思っている自分がいるが、家の中でまさか家族以外の人間にこうして料理を作ってもらえる時が来るだなんて思わなかったな。


〜なんだかんだ1時間後〜


「よし、出来たぞ。どうだ、うまそうだろう？」

「……」

俺は言葉を失っていた。

なぜならテーブルの上に並べられた奈月の料理は控えめに言って視覚と嗅覚だけでうまいと思えるくらいによく出来た料理だったからである。

奈月が以前に言った筑前煮《ちくぜんに》や煮魚はもちろんのこと、おひたしから汁物にすまし汁を出してきた。

「おひたしに使ったホウレンソウがちょっと余っちゃったから、すまし汁に変更してほかの具材と一緒に入れてみた」

「お、おう」

まさか実家ではないここでこんな料理を食べる時が来るとは思わなかった。一人でいると魚料理ってなかなか作ってまで食べようだなんて思わない。一人暮らしで料理が好きでもない限りはほとんどみんなそんな感じなのではないだろうか。

「じゃあ、しっかり味わって食べてください」

「あい。いただきます」

煮魚に箸を伸ばす。ちゃんと柔らかく身離れもよい。そして箸で取った身をそのまま俺は口に運んだ。

「……よし。その顔が見たかったんだって！　あはは、悔しそー」

「奈月さん、めちゃくちゃおいしいです。腹立つけど」

「おうおう、いくらでも言うがいいさ？　そうは言いつつも、箸を持つ手が止まらないですな？」

俺が奈月への完全敗北を認めた後、二人それぞれ好きなお酒を飲みながら料理をゆっくりと食べ始めた。

「あ、健斗《けんと》。これ食ってみ？」

「ああ、今日お前が選んでくれたセセリを使った料理か」

「うん、セセリをポン酢で和《あ》えてみた。普段塩コショウでしか食べてないって言っていたからだまされたと思ってこういう味付けも食べてみて？」

奈月よ、お前は何も分かっていない。セセリというものは塩コショウで焼いて食うからうまいんだ。シンプルな味が一番。

こんな変な小細工をしたような味付けに俺は……。

「めちゃくちゃおいしいっすね……。これは」

「でしょ？」

奈月のほうも俺がセセリをうまそうに食うから気になって最近食べてみたら結構はまって色々とおいしく食べられるメニューを探していてこれを見つけたんだとか。

久しぶりにちゃんとした出来立ての本格的な料理を食べることが出来て、素直に幸せだった。

「ごちそうさまでした」

「お粗末様でした」

奈月が空になった皿を流し台に持っていくので、俺も持っていく。

「洗い物ぐらいはさせてくれ。こんなに色々してくれたのに洗い物までさせるのはさすがに申し訳ないわ」

「そう、なら任せるわ」

俺の中で思う家での仕事としてやりやすいのはトイレ掃除、皿洗い、風呂掃除。水関係の家事は男が率先してやればいいと思う。手伝いやすいし、女性は手が荒れるのを気にするからな。みんなもお手伝いしよう。

「残った料理は密封容器に入れて冷蔵庫に入れておくから、私が帰った後にでも早めに食べて？　そして永遠に自分の作り置きとの差を感じながら食えなくなるといいさ」

「本当にそうなりそうで怖いけど、ありがたくいただきます」

奈月が丁寧に密封容器に今日作った料理の残りを入れて冷蔵庫に綺麗に入れておいてくれた。

その後、洗い物も終わって綺麗に片付けも終わった。

「ありがとな、奈月。もう料理のことは完全に認めさせていただきます。俺の完全な負けでございます」

改めて俺はぺこりと奈月にひれ伏した、が。

「ん？　敗者が素直に負けを認めるだけで終わりだと思っているの？　敗者は勝者の要求にそれなりに応える必要があるのよ？」

「どうかご慈悲をお願いします！　本当にあのネックレスだけは無理です！　俺がこのひと月の間、猛烈な飢えで死んでしまう！」

あれは本当に無理だ。あの可愛らしいネックレスを買うと俺はこのひと月飢えに苦しまないといけなくなる。あのネックレスはきっと危険なモンスター娘なのだ。

「そんなこと誰も言ってないじゃない」

「じゃあ、その要求とやらは……」

「まぁまぁ」

奈月は冷蔵庫から二つチューハイを取り出して、一つを俺のほうに渡してきた。

「ゆっくり飲みながら話をしましょ？」

その時の奈月の表情からしてきっとろくでもないことだということだけは分かったが、
奈月の料理に屈した俺には抵抗する権利がなかったのであった。

33話　奈月の要求がやけくそになった

奈月《なつき》の要求を聞くべく俺はチューハイの缶を受け取って再びテーブルにつく。

ちなみにすでに俺たちは結構な数のお酒の缶を開けている。まだまだ若造なのでアルコール度数の低いジュースみたいなお酒しか飲んでないが、それでも十分たくさん開けている。まぁ、奈月のご飯がおいしかったから仕方ないね。

「前も何となくは思っていたが、お前結構酒飲めるんだな」

「まぁね。ここはもう私のホームだし、酔いつぶれても大丈夫だしねー」

「全然大丈夫じゃないからちゃんと加減はしてくれ……」

当然そんな話を奈月は聞き入れるはずもなく、機嫌よくお酒を飲んでいる。

「で、勝者の要求とやらは何ですかね？」

「あれ、さっきまで声も体も震わせて小動物みたいになっていたくせにいきなり要求を尋ねる声が元気になったじゃない」

「ネックレスを召喚されないなら何とでもなる」

「どれだけトラウマになっているのよ……」

本当にネックレス怖い。諭吉《ゆきち》をそんなに吸収する高いステータスとスキルを持っていたなんて知らなかったからな。

「そうだね……。まぁああは言ったけど特に健斗《けんと》になんか求めるものなんてないんだけどもそうだねぇ……」

「いやないなら要求なしでいいじゃないんですかねぇ!?」

「いやいや、それは嫌だね。健斗が悔しそうな顔や戸惑う顔をしながら私の要求を受け入れるところ見たいし」

「……」

「うーん、何にしようかなー？　お！」

奈月が何か考えの浮かんだ様子を見せた後、なんだか嫌な表情になった。きっとろくでもないことを考えついたに決まっている。

「じゃあ私が要求するのは……」

「……ごくり」

何を要求される？

「私と一緒に寝ようぜ？」

「……は？」

俺は奈月の言っている意味が分からなかった。

「いやいや、この言葉通りの意味でその反応はないでしょうが」

「いや、だって、そもそも一緒の部屋で一緒に寝てるやんけ」

「……は？」

今度は奈月が俺と同じ反応をしてきた。いやなぜそうなる。だって一緒にこの部屋で寝ることになるのだから一緒に寝るということなのではないのか？

まさか俺に今度はトイレか風呂場で寝させるつもりで考えていたのだろうか？

「あのねぇ……」

なぜかちょっと意思疎通出来ていないだけで奈月さんが激しく怒っていらっしゃる。

「私が言っているのはこのベッドで一緒に二人で寝ようってことで、男の誰もが夢見る女の子から添い寝を誘われるという最高のシチュエーションを君は今、受けているわけ！OK⁉」

「いやそんなの無理ですよ、奈月さん。ドキドキが止まらないじゃないですか」

やっと奈月の要求内容が具体的に理解出来たところで俺はその要求を速攻で拒否した。

なぜか奈月はその反応に対して満足そうに頷《うなず》いている。

「分かるわ、女の子の耐性がなくてきっとドキドキしちゃうのね。でも安心して？　いい思い出としてきっとあなたの中に――」

「いやいや、そういう意味じゃないっての」

「は？」

「いやこのベッド、シングルですよ？」

俺がいつも寝ているベッドは超安いシングルベッド。いいベッドはしっかりとした床板なのだが安いものだと簀《す》の子《こ》が支えているためにきしみ音がすごかったり、安定感にかけてしまうのだ。

つまり、何が言いたいかというと……。

「このベッドで二人一緒に寝たらこのベッドは完膚なきまでに壊れます。俺はベッドでこれから寝られなくなる」

「な、何よ！　私がそんなに重いとでも言いたいわけ⁉」

「そうじゃねぇよ！　スタイル見るだけでもお前の体重は軽いと十分に思えるし、思ってもいる！　でもな、お前が仮に体重が20キロ台だって言うならまだ俺とトータルの重さ100キロいかねえけど、そんなわけないだろ？　無理なんだって！」

ただでさえ100キロもいかないけれどもメタボ体質の父親がベッドに腰かけたり、横になっただけでものすごい音がしたんだぞ？　二人の合計体重100キロ以上が乗ったら絶対にすごい音を立てて壊れるに決まっている！

「つまり、私と一緒に寝るからドキドキするっていう意味じゃなくて……。ベッドが壊れてしまうからそれだけは避けたいというドキドキっていうこと？」

「そういうことです。マジで考え直してください。安いとは言ってもマットレスやら色々そろえるのに諭吉使っているんで」

「なら、床にマットレス敷いて一緒に寝るのだったら？」

「あ、全然余裕で可能です。こちらは何も問題ないです」

「むっかつくうううううううううううううう！」

いやいや、奈月さん。ベッド壊れたら本当に困るっていうこちらの立場を分かってくださいよ。

「じゃあ、それでいいわよ！」

ということで奈月の要求がやけくそ気味に決定し、お酒も飲み終わったので先に寝る準備だけしておくことにした。

二人とも相当酒飲んだからね、いつ眠ってもおかしくはない。寝てしまっても大丈夫な態勢になってからまたくつろぐことにした。

「先に風呂入ってこい。俺はお前が風呂に入っている間にマットレス敷いたりするからよ」

「覗《のぞ》いたりしないでよ？」

「あ、この時のためにカーテンしておきましたよ？」

「なんだろう、配慮されているのにくそむかつくのは」

奈月は文句を言いながらもお風呂に向かったので床に散らばったゴミを捨てて物を整理整頓した後、広くなった床にマットレスを敷いた。

そして梨花《りんか》のアドバイス通り前日に綺麗に洗って干しておいたカバーをマットレスに付ける。梨花マジないす。

枕は一つしかないけども奈月がいると言えば渡して自分は大きめのタオルを丸めるか折りたたんで枕代わりにすればいい。

「しかし……やっぱりなんか変な気分だ」

床に敷いたマットレスに一応枕と枕代わりの大きいタオルを置いたこの状態。誰かと隣同士で寝る。もう何年もそんなことをしていないので落ち着かない。しかも相手は女だ。

「お風呂出たよ」

「あい。歯磨いてその後ここでゴロゴロしてろ」

「あ！　残り湯で――」

「はーい、お湯ちゃんと抜きまーす」

後ろでなんか色々言っているけど俺には聞こえない。新しい部屋着と下着を持って風呂場に向かい、お風呂に浸《つ》かった。あ、ちゃんと言葉通りお湯は入れ替えましたよ？

そしてお風呂から上がるとそのまま近くの洗面台で歯を磨いてから部屋に戻った。

部屋に戻る時には奈月はお酒の効果もあって眠ってしまっているかと思ったが、スマホをいじっていて普通に起きていた。

そしてその後しばらくまた無駄話をしながら夜の時間を過ごした。

「そろそろ寝るかね」

「うん。眠い」

そう言うと奈月は何のためらいもなくマットレスにごろんと横になった。ちなみに枕は使うようなので、俺はタオルを枕代わりにする。

「じゃ、電気消すぜ」

俺は電気を消すと、真っ暗になって何も見えなくなった部屋の中でゆっくりと注意を払いながら横になった。

「……」

部屋を暗くしてから俺たちの会話はない。静かに体を動かしたり、息をする音だけが聞こえる。

今は先ほどまで明るい部屋だったので、暗さに目がまだ慣れておらず何も見えない。

でもそれが今の俺にはとても幸いしている。

奈月にああは言ったものの、やはりドキドキして落ち着かない。体を動かしたくても当たりそうなくらいに距離が近くて、ほんのり俺の体温とは別の体温の温かさが伝わってくるからだ。

少しすると目が慣れてきて部屋の中が暗闇でも見えるようになってきた。こうなると奈月のほうを見ればもう寝たのかまだ起きているのかが分かる。

でも見る勇気は出ない。俺は奈月のいるほうと反対側に向いて目を閉じて眠りに身を投じることにした。

34話　優しさの定義とは――

　部屋を暗くしてから何分が経っただろう。

　私の体感からすれば多分10分くらいは経っていると思う。電気を消してからというもの、健斗《けんと》とは一言も話していない。

　こういう状況になれば、健斗が黙ることなんて当然想定していた。だからこそ自分から何か話さないといけないと分かっているのに何も言葉が出てこない。

　お互いに気を遣いながら体を小さく動かす音と息をする小さな音だけが聞こえるだけ。きっと健斗のいるほうを向いたとしても健斗は私のほうを見ていることはないと１００％言い切れる。むしろ私に背を向けるようにして眠ることを決めているに決まっている。

「健斗、まだ起きてる？」

　私がそう声をかけたが彼からは返事は戻ってこず、一定のリズムの息をする音が聞こえるだけ。

今日も私同様に彼もかなりお酒を飲んだのだ、この状態でも眠ってしまっていてもおかしくはないが。

「もうちょっと意識してもいいでしょうに……」

寝ているならば彼のほうを振り向いても問題ないだろう。暗闇に目が慣れ始めて部屋の中がある程度見えるようになった状態で彼のほうに向いてみる。

案の定彼は私に背中を向けて眠っている。予想通り過ぎて逆に少し笑ってしまう。

その背中に触れてみるが、特に反応はない。本当に眠っている。緊張感があるのかないのか。いや、私に対してはもう緊張することなどないのかもね。

「それはそれで嬉《うれ》しいかな」

健斗と関わり始めて一ヵ月。よくここまで仲良くなれたなと自分を褒めてもいいと思う。そもそも、私は健斗と偶然出会ったのではない。ただ偶然を装って出会ったフリをしていただけだ。

「あなたは私の見た通りの人だったよ……」

私が心からいて欲しいと思った存在。夢にしか出てこないとまで思ったような人。そんな人が今自分の隣で緊張感なく寝ている。

女の人は多分いろんな人が夢を見る。その中にはやはり恋愛というものがある。

理想の人は金持ちでイケメンだとか、有名人だとか色々あると思う。それはその人の生い立ちや感性によるものだろう。

そんな中、多くの女性が多分男性に求めること。それは『優しさ』だろう。

優しさと言ってもいろんな方向性がある。自分にだけ優しい、欲しいものをすぐに買ってくれる、とにかく愛してくれるなどなど。

だからこそ男という生き物は優しさというものを持ち、それを女に発揮出来れば少なからず異性を惹《ひ》きつけることが出来るだろう。

それがたとえ演技だったとしてもだ――――。


私は自分では言いたくはないが、結構モテる。顔もそこそこ自信を持っているし、スタイルだって自分に厳しく一定を保てるように努力している。

中学くらいから男からはいくらでも告白されてきた。でも部活に勉強、自分のしたいことを行う時間をなぜこんなバカな生き物に取られなければならないのかという刺々《とげとげ》しい感情を持つだけで誰とも付き合ったことなどなかった。

でも、少しずつそういう感性は変わっていくもの。そんなことを思っていた私も周りの女子や友達が彼氏の話を楽しそうにしているのを聞くたびに少しずつ変わっていった。

しかし、大学に進むと高校までのように拘束された環境ではなくなるために自分から動かないとちゃんとした出会いはなかなかないものだ。

ナンパしてくるような相手なんか信用など出来ないし。

そんな時に見つけたのが、大学のサークルだった。私の入った学部は結構勉強をしないといけないのでお気楽同好会のようなところにしか入れなかったが、それでもコミュニティが広がるのではないか。そして出会いがあるのではないかと思い、サークルに入った。

そこで私は初めて恋というものをした。

そのサークルにいた私よりも二つ年上の違う学部の人だった。とても優しくて最初緊張していた私にとにかく気を遣ってくれた。

とてもイケメンだったし、ほかの女子も狙っているのは間違いなかった。それだけ競争率が高いということは当然その中に私よりも美人で魅力的な女なんて腐るほどいた。

それでもその人はすごく優しかった。いつも私に率先して声をかけてくれる。本気でその人のことが好きになった。

そしてその恋は初めてにして実ることになった。その人から付き合ってくれないかと言われ、私はすぐに快諾した。

それからはとても楽しい時間だった。毎日メッセージアプリで連絡を取り合うことだけで幸せを感じることが出来た。

私は学部の関係上、勉強をとてもしないといけないし、実習のレポートだってたくさんこなさないといけない。『遊びに行こう』と誘われても、勉学を優先しなければいけなかったためにタイミングが合わず、断らざるをえないことが多かった。

いつ愛想をつかされるだろうと断るたびに不安が募った。どうにかしないといけない。

その時は勉強の辛《つら》さをただひたすらに呪った。

それでもその人はいつでも笑顔で〝好きだから全く問題ない。ずっと一緒にいようね〟と言ってくれた。本当に優しい。こんな人といられて幸せだと。

その時までは。

　私はその日も一緒に昼食を食べようとその人の学年の講義をしている場所に向かった。昼食時は彼と一緒にちゃんと過ごせる数少ない時間なのだ。

　今日は私のほうが早めに終わった。その人のほうはまだ講義中のようで私は彼の講義が終わるまで廊下で待っていることにした。

　一気に教室がざわつき始めたので講義が終わったのだと思い、私はその人のほうへと向かった。いつもの席にその人はいる。お友達と話しているようだ――。

「あの女、まだヤらせてくれねぇわ」

「え、マジで？　なんか見た目からしてすぐに抱けそうな感じするけどな」

「なんか意外と処女臭いかも。その分喰《く》えたら最高かもね」

　そういつもと違う恐ろしいと感じる表情で笑っていたその人。信じたくはないが、私の話だと確信出来るものだった。

「ま、チョロいって。優しくしときゃ乙女みたいな顔でこっち見るからな。俺が喰って捨てたら今度お前ら拾えば？　優しくしときゃ確定だって」

「マジひどすぎて笑える」

　もう聞いていられなかった。私はその教室から出て荷物を持って廊下を全速力で走って大学を出た。そして家に帰ってひたすら泣いた。

信じていた人に裏切られた。

ただの遊び相手だった。結局そういう風な目でしか私を見ていなかった。あの優しさはすべてまがい物。私をうまくだまして遊び道具にするためだけの優しさ。

その優しさに惚《ほ》れて。その優しさに幸せを感じて。その幸せにおぼれた自分が悔しくて悲しくてその日は一日中ずっと泣いた。

その人にはただ別れるとだけ伝えてそのまま連絡先を消した。サークルからも抜けた。今まで関わってきた同学年の友達の話も無視してすべてのコミュニティを消した。

そんな雑な別れ方で相手が諦めるのか心配だったが、全く追いかけてくることはなかった。本当に興味が体にしかなかったのだろう。

その後、遠目にその人を見つけた時にはすでに違う綺麗《きれい》な女がいたのだから。

もう何もかも嘘だ。どうせ男の優しさは見栄《みえ》か女をいいように抱くためのものでしかない。

優しさって何？　そんな汚い欲望のために使う道具だったんだっけ？

そんなことを常に思いながらなんとか大学に通っていたある日。

私は一人の青年と出会った。

荷物を重そうにしている高齢女性。そこにすかさず笑顔で近付いて何かを話している。

その高齢女性は少し戸惑ったが、やがて笑顔になり彼に荷物を手渡した。

その動きを見ていると彼はその高齢女性の荷物持ちを買って出たようだ。そのまま高齢女性の住んでいるであろう場所まで送り届けると一礼して彼は立ち去って行った。

「……ふん。高齢者に対する優しさはどうせ見栄でしょうが」

私はその時はそうとしか思わなかった。

でも、そうではないということを私は知ることになった。

その日も講義を終えて一人で帰ろうと大学の敷地内を歩いて門まで向かっていた。

周りには部活やサークルなどの活動をする生徒や帰宅する生徒の姿が見られるが、そんな生徒たちが今日だけはある方向を見てとても嫌そうな顔をしている。

私はそんな視線が気になり、皆と同じ方向を見た。

そこには先日高齢女性を助けていた彼がいた。

彼は座り込んでいる。何をしているのかと目を凝らして見てみると彼は敷地内に落ちた小鳥の死体に何やらしている。

周りでは「気持ち悪い」やら「頭おかしい」などと引いている声やあざ笑うような声が聞こえる。でも彼にはそんな声がまるで聞こえていないようで全く動じずに手を動かしている。

彼は木の枝を器用に操りながら、大きめの葉っぱの上に小鳥の死体を載せてそのまま端の植え込みに持っていくと穴を掘りそこに小鳥の死体を埋めた。

そして彼は静かに手を合わせていた。

普通であればこの行為は周囲の言う通り、「頭がおかしくて気持ち悪い」ことである。子供であれば純粋な心があるからということでそういった非難はされないかもしれない。それでも「汚いから。病気を持っているかもしれないから」と怒られるのは間違いない。

でも今の彼の行動は小鳥のことを考えたがゆえのものである。確かに死んでいるし、死んでいたら蹴飛ばされても何をされても小鳥には分からない。むしろ蹴飛ばすやつのほうが、埋葬をわざわざしているやつよりもまだまともにすら見える可能性だってある。それでも彼はそんなことになるのは痛ましいという気持ちからきっと行動したに違いない。

そんな純粋な優しさと思いやりが気持ち悪い？　見栄や性欲を満たすためだけに表面上だけ優しくして巧みにだます優しさは否定されないのに？

——本当の優しさとは一体何か——

周りの人にどう思われてもその対象を思いやり、最善の行動を尽くすということを貫く。

人によっては自己満足というかもしれない。それでも、私には見栄や欲のために使う優しさよりはるかに温かく見えた。

不器用ながらそれを貫こうとする彼は、人にどう思われるかということをまるで気にすることもなく、その姿は不思議と私の瞳の中にいつもちらつく。

決して目立つ見た目をしているわけじゃない。はっきり言って地味すぎて普通に席に座っていたら逆に全く気が付かれないほうであると思う。

それでも私の視界には彼が映り、そしてどんな時にもブレない姿は健在であった。

人はある程度成長すれば、心の内にある真の思いをある程度隠しながら生きていく。すべてを素直に出すということは紛れもなく自分を不利な状況に導くと自然と学習していくからだ。

しかし、彼はそれを恐れない。その彼の背中はいつも一人で存在し、周りに低く見られることによって小さく見えがちであった。周りの人間の自分の弱い真実を隠して大きく見せた虚像のようなものに対して彼は良くも悪くも一切隠すことなく実像であり続けていた。

それは何を言われてもブレずにいられる者にしか到底出来ることではないということと、実像であるからこそ見せられる優しさと思いを素直に出すことが出来るのだと。

そしてその時から彼のことが気になった。あまりよくないが、彼のことを調べるために後をこっそりつけてみたりした。

するとと彼は私と同じ学部の同じ学年であることが分かった。名前は佐々木《ささき》健斗。一生懸命教室の中を探すと一人で不機嫌そうに講義を受けている。

正直イケメンというレベルではない。それに友達もいないということはコミュニケーション力がないということだろう。

でも私にとっては好都合だ。お互いに一人ということでうまく会うことも出来る。

そして四月。前期最初の講義の時に私は――――。

「ここ、空いてますよね。私の普段座っている席、なんか見たことない人に座られちゃって。よかったらここに座らせてくれませんか？」

偶然を装って声をかけた。

そしていろんなことがあった。講義から実習まで。彼は言葉を荒々しく使いながら私には嫌そうな表情も声も出していた。

それでも私のことを本気で追いやったりしなかった。どんな時も一つため息をついて助けの手を差し伸べてくれる。

本気で私が困っている時、辛い時はどこまでも優しい声で気を遣ってくれる。

でも、彼は私に何も求めない。

いつも通り私の顔を見ては嫌な顔をして。

いつも通り私の声を聞いては嫌な顔をして。

そしていつも荒々しい言葉遣いと声で私といるのが嫌そうで。

でも絶対に私のことを見捨てない。というかどんな繊細なことにも気を遣っている。

私が嬉《うれ》しくて感謝の言葉や笑顔を向けるとプイッと違うほうを向く。

「優しさを隠しているつもり？　バレバレだよ？　本当に……」

私は健斗の背中に顔を擦り付けるようにして目を閉じて寝ているとは分かっているがこう言った。

「健斗、優しくしてくれてありがとう。今、抱きつつあるこの気持ちを私から伝えられるようになるまで……これからもよろしくお願いします」

まだ言えない。でもいつか必ず言いたい。

そのためにも――。

もう少しだけ優しく私を甘やかしてくれませんか？

35話 ドリンクとは一体なんだ？

「……」

「……」

特に何事もなく夜を二人で過ごして二日目の朝。俺と奈月《なつき》は街に出て、カフェに入るための長蛇の列を構成する一部になっていた。

季節としては五月でしかもコンクリートだらけの街の中。めちゃくちゃ暑い。気温が5℃くらいしかなくても20分自転車をこいだら滝のように汗をかくことが出来る俺からすれば相当暑くてたまらない。言っておくが決してデブではない。代謝機能が異常なほど働いてくれているというだけだ。

高校の時、真冬に暑くて一時的に学生服脱いでいたらみんなの前で教員にバカだとか頭おかしいだとか言われた話でもする？　だって暑かったんだもん。

「……なんで起こしてくれなかったの？」

「え？　だって幸せそうに寝てたし、休みの日に遅くまで寝ている気持ちよさが分かっちゃうから起こさなくていいかなーって」

「いいわけないでしょ！　連休なんだからどこも混むこと早くから分かっているんだから起きたなら起こしてくれればいいのに……」

奈月は少し顔を赤くしながら話している。まぁ事実奈月の言い分が正しいのだが、俺にだって色々言いたいことはあるのだが。

今日の朝。

目が先に覚めたのは俺。朝の8時には目が覚めていた。大体目覚まし時計をかけていない時はこれくらいに目が覚める。この時間帯が講義に間に合うか間に合わないかのデッドラインというのがこの数年でしみついている。

「ぐぁ……」

二日酔いということはないが、たくさんお酒を飲んでいたので深い眠りだった上に隣に奈月がいるということも常に意識していたために変な体勢になっている。体も痛いし、まだ瞼《まぶた》におもりが付いているかのように勝手に閉じようとする。

しかし俺が二度寝をして最終的に奈月にこの寝起きの悪さプロの俺を起こさせるのはさすがに悪い。

体だけでも意地でも起こしておいて徐々に目を覚ますしかないな。

そう思って体を起こそうとしたら、俺の右腕が動かない。なぜかと思って隣を見るとその理由が分かった。

「俺の腕にしがみつきやがって」

俺の右腕にはなんとも幸せそうな顔して眠っている奈月がいた。あまりにも気持ちよさそうに寝ていて枕のＣＭに推薦したいくらいである。

なんだかこいつがここまで幸せそうに寝ているとすぐにでもたたき起こしたくなるが、休みの日の朝にゆっくりと眠るということは何よりも幸せなことだと思うので、邪魔することはやめた。

「体起こせないけど仕方ないか……」

結局起き上がるためには右腕を動かさなくてはならず、奈月を起こすことになりそうなので体を起こすのはやめた。

それが今日の今の事態を招いた。

結局体を起こせなかった俺は、再び睡魔に襲われて二度寝をしてしまって今度起きたのは10時前。一番休日をダメにする過ごし方である。

そして起こしたのは奈月のほうで、俺に対する起こし方は俺の体を思いっきり蹴飛ばすというものであった。

「ちょっと！　もう10時になるから早く起きて！」

「……ぁい」

なぜ俺は蹴飛ばしてきたこいつが右腕にしがみついていた時に思いっきり振り払わなかったのか。

多分、顔を赤くして話しているのは俺の右腕にしがみついた状態で目を覚ましたからであろう。

そんなくだりがあった後、そのまましばらく並んでいたのだが。

「さて、何を飲もうかしらね」

奈月はスマホを取り出して何やら見だした。覗《のぞ》いてみると、この今並んでいる店のメニュー一覧のようで色々と載っているのだが……。

「なんじゃこりゃ……」

商品の名前や値段とともに写真が載っているのだが、なんか無駄に色々載っている。クリームの量おかしくない？　ちょっと値段高めのメロンソーダか何かですかね？

「こういう飲み物を理解出来ないと、女の子と一緒に街の中を歩くことは出来ないけども？」

「もう俺には無理かもしれんね……」

あともう一つ奈月と一緒にメニューを見ていて思うこと。

「なんでただの普通のコーヒーがこんな値段するんですか……」

「そりゃちゃんとしたいいものを使っているからじゃないの？」

ただのコーヒーが３００〜４００円とかマジですか。学食で昼飯一回分なんですけれども。

「あ、健斗《けんと》。季節限定のやつ二種類あるからそれぞれ頼んでシェアしよ」

「どれ？」

「これこれ！　どっちも飲んでみたいー」

写真を見ると……うん？　これはパフェの飲み物かな？

いや、そんなことを言ってはいけない。マジでこういうところが好きな人にガチで怒られそう。でも行ったことがない or ほとんど行ったことがない人が見た時、こういう気持ちになりました。

「お、おう。分かった」

値段は全然優しくないが、ぶっちゃけこういうしゃれた飲み物が大量にあってコーヒーの値段も優しくないなら普段飲めないものを頼むほうに回ろうと思う。

メニューをそんな感じで奈月と話し合って決めていると、行列はだんだんと前に進んでやっと店内に入ることが出来た。しっかり冷房が利いていて感謝である。

そして注文した飲み物を受け取ると、二人分の席がちょうど空いているところが一つだけあったのでそこに腰かけた。

当然持って移動も出来るけど暑いのに弱いし、持ち歩きながら飲むなんて器用なことは出来そうにない。

初めてこういうしゃれた飲み物を飲むんだし、ちゃんと落ち着いて飲んでみたい。

「あははは！　なんかシュールな光景で笑う」

「店内でそんなに笑わないでもらえます？」

確かにこんな地味なやつが派手な色の飲み物を持っているこの光景。絶対に変な状態になっているに決まっている。

とりあえず今の自分の姿を絶対に鏡で見たいとは思わない。

そんな話をしながら、ストローに口をつけて飲んでみる。

「甘い……。めちゃくちゃ甘いぞこれ」

「そりゃそうでしょうよ。そういう飲み物じゃないの」

奈月はそう言いながら、おいしそうに飲んでいる。そういう姿を見ると今どき女子といったところか。

「交換しましょ。そっちも飲みたい」

「おいこら、ストロー替えろ」

「面倒くさいし、まだその間接キスがどうとかいうくだり気にしているわけ？　今更でしょうが、前は意識してそのまましちゃったくせに」

「それ覚えているのかぁ……」

もうすでに一ヵ月前の出来事になりつつある間接キスのくだり。あの時はこうやって一緒に休日に出かける仲になるとは思っていなかったな。

奈月のほうは俺があまりの甘さにギブアップしかけの飲み物もおいしそうに飲んでいた。ちなみに先ほどまで奈月が飲んでいた飲み物を飲むとさっき飲んでいたやつよりもさらに甘かった。

結局どちらの飲み物も俺からすると甘すぎてほぼどちらも奈月にあげる結果にはなったが、こういう飲み物と空間があるということが色々と分かったのでこういうのも悪くないなと思うことが出来た。

36話 オシャレ発言権無し

リア充の過ごす空間と甘すぎる不思議な飲み物を学習した俺は奈月《なつき》に洋服を取り扱う店が密集したところに連れてこられていた。

普段からし○むらとかユ○クロとかしか知らない男であるこの俺からすれば、一つ一つの店に並んでいる服が全てオシャレに見える。

「どれもオシャレじゃね？」

「うるさい、ここではちょっと何も言わないで。服関係で健斗《けんと》が言葉なんて発する権利はないからおとなしく着せられるマネキンにでもなっておきなさい」

「ぐぅ……」

ひどい言われようである。ただでも、俺も言い訳したいことがある。

なぜここまで私服のセンスがないのか。それは今までの過去をみんなに知ってもらえば納得してもらえると思うんだ。

まず俺の小学校は私服を着ていくという学校ではなく、ちゃんと学校指定の制服があった。

都会の小学校や今どきの小学校ならば、かなり私服制のところも多いだろう。そうなればやはり毎日着ていくものなので色々と考えることになるはず。

しかし、俺はそんな考えが制服制であるがゆえに定着することがなかったのだ！　そして異性を意識しだす中学高校はあのざまでダークネスに落ちていたので休みの日などよっぽど外に出なきゃいけない時以外はいつも部屋着だったからね。

中学高校時代の俺の衣服着装割合：制服＋部屋着＝95％。その他：5％。盛大に笑うがいいさ。

「はいはい、これ持っといて。これ全部後で試着ね」

「こ、こんなに試着するんですか奈月先輩……」

俺が過去の思い出（笑）に浸っていると、めちゃくちゃ大量の服を渡された。見る限りどれもオシャレそうなのでこの中から適当に買えばいいと思うのだが……。

「どうせこの中からサイズだけ気にして適当に選べばいいとか思っているのが健斗みたいな最低レベルのファッションセンスだからね。ちゃんと着ないと分からないことってあるから」

だそうです。言動を見透かされた上での最低レベル評価をもらったのでマジでおとなしくしておこうと思います。

ぶっちゃけるとお昼にやっている番組とかでファッションの話している時にいつも思うけどまだ服の名前さっぱり分かっていない。

母親に「○○あるでしょ?」とか聞かれてもいつも「ああ、うんあるよー」とか言ってごまかしてきましたが、未《いま》だにその名前がどの服をさしているかさっぱり分かっていません! マジですみませんでした。

「ちなみに健斗は今までどういう基準で服を着ていたの?」

「え? 暑いか暑くないかとか服のローテーション的な間隔?」

「なるほど……。なんか三日間で三種類の服を規則正しく着て出現すると思ったらそういうことだったか……」

まぁなぜそういう流れが出来ているかというと、個人的にそれ三つの組み合わせ以外はどれを着てもこの俺ですら「あ……これはダメやろ」って思うような組み合わせになっているのだ。

色々考えたりはするものの、結局いつも着ている安定した組み合わせに落ち着いてしまうということである。

「健斗暑がりだからシャツ一枚じゃなきゃ文句言いそうだなぁ……。うわぁ、すごく難しいかも」

「俺はオシャレよりも命の管理を大事にするからな。当然暑けりゃ脱ぐぜ」

「半袖の薄いライトアウターとか着たらちょっとしゃれてるんだけどなぁ」

「は？　夏なのになんでシャツの上から上着みたいなの着るの？　バカじゃゃね？」

「はいはい。雑魚《ざこ》は黙っとれ」

なぜに暑いのに二枚着るのか。わけが分かりません。でもなんか彼女連れている男はそんな恰好《かっこう》しているなとは思う。

「健斗さ、いつも足が全部隠れるジーンズしか穿《は》かないからちょっと足が出るやつとかは？　それなら暑さも心なしかましになるし、いいと思うんだけど」

「それならありかなぁ……」

言われてみればあんまり穿いた記憶がない。過去に何度も母親が買ってきてくれたことがあるのに穿かなくて怒られた記憶しかない。

なんだろう、落ち着かないからか何なのか。多分組み合わせがうまく出来ていないから避けていたんだと思われ。

あーなんだろ。こういうことを考えると制服ってすごく便利すぎる。冠婚葬祭にも対応。

ＲＰＧに出てくる皆着れちゃう皮装備もびっくりの汎用性の高さ。

こういうアイテムは本当に好感が持てちゃう。

「とりあえずこれだけの数があれば、色々組み合わせを試せる。ここからは試着室で試してみましょ」

「こ、こんなに……？　さっきよりも格段に量が増えましたけれども？」

「早くして。テキパキとパターンを変えていかないといつまでも決まらないんだから」

「はーい」


ということで試着室にこもること約数十分。

「うーん。やっぱり下に穿くものに関して健斗は少し短めのほうがいいよ。そのほうがあってると思う」

「お、落ち着かない……」

「やっぱりライトアウター羽織ってくれたほうがいい感じになるけどなぁ」

奈月はその後も俺のために一生懸命いろんな組み合わせを試してくれた。俺からすればどれを着ても今までとは見違えるほどオシャレに感じるのだが、奈月は着替えた俺の姿を見てうーんと言ってはまた変える。しかし、そのたびにさらにいい感じになっているので改めて奈月はすごいと思った。

「うん。いい感じだ」

「この最低雑魚レベルの俺でもとてもすごくオシャレになったことをひしひしと感じますぜ！」

「いや、さすがにこのレベルでも感じないとかもう服着るのやめろレベルだから」

奈月に選んでもらったいくつかの服をすべて買うことにした。もともと母親からはこういう生活の上で必要なことはちゃんとお金を出すから人として恥ずかしくないようにしなさいと言われ続けてきたのでそういう資金はばっちり用意してある。

ありがとう、母上。やっと母上の要求に応えられそうです。全く自分の力じゃないんですけれども。

「感謝しなさい？　これで健斗は雑魚から何ランクもアップよ」

「まぁそうなんだけれども、結局お前がいないと衣類関係ダメなままなんだけどねー」

「いや、食関係もでしょ？　どうするの？　生活の基礎である衣食住のうち住以外全てを私に支配された形ですけれども」

得意そうな顔で聞いてくる奈月。腹が立つが、確かに事実なのだ。

「まずいな……。非常にまずい」

割とまずいと思う。こんなやつに依存せざるをえない状態になりつつあるのは。
そしてその依存状態になりつつあるのを別にいいではないかと思っている自分がいる。
それが最もまずいと思う。

エピローグ　少しだけ前に進もう——

俺は茶碗《ちゃわん》に盛られた炊き込みご飯を見て、満足しながら深々と頷《うなず》いた。

「素晴らしい。これが『お米マイスター』の称号を得し者である我が実力である。炊き込みご飯でありながら水分量を厳しく調整することで炊き込みご飯におこげとしっかりとしたお米の粒感が味わえる仕様に……」

「だらだら言っていることが長いけど、ちゃんとおこげまでいい感じに出来ていてすごいなこれは……。あんまり水分多すぎて私おこわみたいになるのは嫌いだったからこれには感動するなぁ」

「はっはっは！　そうであろう？」

このお米マイスターの熱い解説を無視されたのは納得出来ないが、ちゃんと評価してほしいところを分かっているのとてもおいしそうに食べていたのでまぁよしということにしておいた。

炊き込みご飯を始めとしてその他にも奈月《なつき》が作った料理は今日も全ておいしい。

「……」

「……」

ただそんな充実した食事であるのに、会話があまり続かない。

今日が終わり、明日になるとお互いにそれぞれ一人。こうやって一緒にご飯を食べることも、騒いで一緒に料理をするということもない。

昨日まで「明日はどうしようか」やその時その時一緒になってやることについての話題を主にお互いにディスり合いながら話していたのだ。明日には一緒じゃないとなるとそういう話題もないわけで。

「お酒、俺もう一つ出すけどお前もいるか？」

「うん、いる」

そんなちょっとした話しかしなくなった。ダメだ、この雑魚コミュ障、頭をフル回転させてなんとかしろ。かつて半年弱で偏差値を45↓70弱まで持っていった時の回転率を思い出せこの野郎！

そんな感じで新しいお酒の缶を開けて少し口にしていると。

「この二日間、すごく楽しかったなぁ。健斗《けんと》は楽しかった？」

「ああ。悪くない……って普段なら言うと思うけど、とても充実していた。俺の服装が充実したからな」

「そこぉ？　いや、まぁあの致命的なファッションレベルから何とかしてあげたんだから
そりゃそうか」

「まぁ、でも……。その……お前と一緒にどこかに行ったり、一緒に料理したりしていろんなお前の知らなかったことが知れたのもその……ちょっとはよかったかもしれんな！」

ダメだ。途中まで素直によかったと言おうと思ったけど絶対に出来ない。コミュ障にはこうやって言うのが限界だ。

「……そう。それでどう？　少しは私に対する印象はよくなった？　出会ってからちょうど一ヵ月くらいだけど」

「そうだな。最初は最悪なタイプの女に絡まれたと思ったさ。終始イタズラをして俺を振り回すし。でも、誰かが一緒にいるのも悪くないって思い始めて……。今じゃこうやってお前がいないと知らずじまいだったことも知ることが出来たしな。感謝しているよ」

「ふふふ、そんな言葉を聞けるとは一ヵ月前には思いもしなかったわ」

「そもそもお前に対しての第一印象からしてこんな言葉を言うことになるなんて思うか？」

一度なくなりかけた会話はそんな会話をきっかけに再び始まり、夕食の間またお互いのディスり合いが始まる。

そんなやり取りがいつの間にか当たり前になっていてそれが楽しくて。

楽しい時間はあっという間。夕食の時間もすぐに終わってしまう。昨日同様に奈月が残ったものは密封容器に分けて冷蔵庫に入れておいてくれた。

俺はその間に食器洗いをする。いつもよりも洗う量が多いのも今日で終わり。それを物寂しく感じている自分に再び心の中で爆弾を投げて殲滅《せんめつ》しておいた。

片付けが終わった後も、二人お酒を飲みながら夜の時間を過ごした。

「さ、そろそろお前は風呂に入ってこい」

「へーい」

「今日はどうやって寝るつもりなんだ？」

「今日も昨日と同じでー。昨日そのおんぼろベッドの話を聞いたらあえて私が寝ている時に限って壊れるんじゃないかって怖くなったから」

昨日と同じようにマットレスを床に敷いて寝ることにした。枕は昨日の様子から奈月が使うであろうから奈月の寝るほうに置いておいた。

「この知識、今日を以《もっ》て使い物にならんとか。もっと大学の講義の内容ひとつでも覚えたほうがましだっつーの」

奈月が風呂から出ると、俺も風呂に入った。ちなみに昨日と同じくだりがありましたが、全く同じ展開になりました。

実際周りからヘタレとか聞こえてきそうだけど、いざその状況になったら君たちもこういう行動になると思うよ。童貞に限るけど。

お風呂から上がるとそれぞれマットレスの上に座り込んだり、寝っ転がってスマホを触ったり。

まぁ、俺の場合スマホを触っても誰からも連絡なんか来てないからね。唯一来る相手は隣にいるし、夏帆《かほ》はああは言っていたけどまだ連絡が来るのはまちまちといったところだし、梨花《りんか》に関してはおちょくる割りにはあんまり普段は連絡よこさないからね。くれてもいいんだけどな、こっちからしろということなのかね。

「さて、そろそろ寝ようぜ」

「えー、もう寝るの？」

「お前……あれだけ酒飲んどいて夜更かししようっていうその考えがすごいわ。絶対に明日後悔するぞ。休み無駄にしたらもったいないんだから」

「はいはい」

そんなやり取りとともに俺は電気を消して部屋を真っ暗にした。

俺は暗さに慣れない目を閉じて眠ろうとするが、なかなか眠れない。昨日はなんだかんだ隣の奈月を意識していたが、割とすぐに眠ってしまったからな。

今日は外出して色々と慣れないところを歩き回ったし、お酒も昨日と変わらない量を飲んでいるのですぐに寝られると思ったのだが。

眠れないままそんなことを思いながらしばらく横になっているが、一向に眠気さえ来ない。

スマホを奈月のほうに光が行かないようにつけてみる。逆に暗さに慣れた目がスマホの発する光の強さをきつく感じる。電気を消した時刻からもう1時間が経過している。

時刻を確認すると俺は手早くスマホの画面を消す。そして奈月のいるほうに向いてみる。

「……」

奈月はこちらを向いて静かに寝息をたてて眠っている。確かにこの一ヵ月間、異常なほど仲良くなったとは思う。それでも異性の相手テリトリー内でここまでリラックスして寝られるものだろうか。

「本当に不思議なやつだ」

20歳になっても変わらないと思っていた。これからもいつも通り変わらずに一人でいるものだと。

中学時代、自分の存在をあらゆる面全てから否定されたあの時から自分は一人で何とかしていくしかないと思っていた。

そんな人生がもう五年、いや八年目に差し掛かろうとしていた時に現れたこいつは俺の隣に執拗《しつよう》に居続けるという変なやつだった。

いつも言葉に棘《とげ》のある俺。口調と声色、そして顔つきのせいでなぜいつも怒っているのかと言われるその様子から女子など寄り付かなかった。

女子とここまで話したのは小学生の時以来か、もしかすると最高記録かもしれない。

一人でいることに慣れ始めたどころかそれに慣れてしまった俺は、一人でいる利点はうまく生かして困る部分のカバーをしっかりと身に付けていた。

ただ、そのボッチでいるという状況を奈月に破壊されてからというもの一人でいるという時にある利点は奪われたと思った。

人に合わせなくていいし、人の話を聞く必要もない。気も遣わなくてもいい。

それと同時に一人でいると自分の力だけでは出来なかったことや理解出来なかったことを誰かに助けてもらえるという誰もが当たり前のこととして享受出来るものを俺は初めて奈月からもらった。

大学で分からないことを教えてもらって。そして本来の大学生は休みの日にこんなところに行ってこんなことをしているのだと教えてもらった。

だったら結局のところプラスマイナス0なのかって？　そうじゃない。圧倒的なプラスだったと思う。いや、そうだと言い切れる。

奈月と一緒の時は気を遣わなくてよかった。別に話を聞いていなくても合わせなくてもいつもあいつのほうから合わせてくれるし俺が聞くまで何度でも話をしてくる。うるさいぐらいに何度でも。

本当にいつもうるさくて、うざくて、イタズラで、時に繊細で頑張り屋で。

そんなこいつといつも一緒にいられることが俺は今、とても楽しいと思える。

大学だけじゃない。こうして家に遊びに来てくれたり、泊まりに来てくれたり。どんな時にだっていつもと同じノリで。

自然体で関わるとなぜかお互いに結局笑いあっていることばかり。俺が自然体でいて笑いあっていられた人間など今まで誰もいない。

あのずっと一緒にいていつもおちょくる梨花とでさえ、ずっと笑いあえていたとは俺は思っていない。それはきっと俺が梨花に告白などしなければ、もしかすると成就したものだったかもしれないけど。

そんないつも一緒にいても楽しいと思える存在が、俺のもとにいつまでもこのままいてくれるだろうか。

そんなことも同時に思う。本当に何も考えていなかった小学生のクソガキのころに戻りたい。

負の考えが先行して今こうして奈月が隣で眠っているこの光景をもう二度と見られないかもしれないと思う自分がいる。

誘えばいい、また来てくれと。きっと誰もがそう言うだろう。またお前の隣にその子がいて欲しいなら自分が動くしかないと。

それでも俺は情けないことに動けない。自ら動き、すべてを否定された過去は10年近い月日が流れても昨日のことのように鮮明に残る。

心の傷は治らない。誰かが無責任に治るなどと言うがそんなことはない。その傷跡からのぞく影が恐怖として今後の人生にずっと付きまとう。

どんなに奈月がそんな女じゃないと分かっていても。

「なんて情けない男だ……そりゃ童貞だわ」

本当の自虐というか、どういう感情を持った自分が考えても情けないと思えるくらいに情けない。自分の中で言い訳すら見つけられないぐらいに。

奈月の頭をそっと撫《な》でてみる。ぐっすり眠っていて触れても特に反応はない。

「ありがとう、奈月。一緒にいてくれて」

俺がもう少しだけ過去の恐怖の影に打ち勝って君に向かって一歩踏み出せるまでこのままの君でいてください。

イタズラしてもおちょくってくれてもいい。いつもそうしてくれ。

本当に情けない男で申し訳ない。ヘタレだと笑ってくれ。

これからもずっと奈月が隣にいてくれるように俺も前を向こうと思うから。

あとがき

この度は、本書を手に取りお読みいただきありがとうございます。読了本当にお疲れ様でした。

この作品を作るにあたり、担当O様、イラストレーターのパルプピロシ様、校正に尽力してくださった方々に感謝を申し上げます。

特に担当O様は仕事熱心で、明確な理由を示してどういうところがいいのか、ダメなのかをおっしゃってくださったので納得した上で作業を進めることが出来ました。ありがとうございます。

そしてパルプピロシ様には素晴らしいイラストはもちろんのこと、担当していただけることが決まった際、Ｗｅｂにあらかじめ投稿しているものを読んでくださり、とても丁寧な感想をいただけたことに対してもとても感謝しております。ありがとうございます。

そしてＷｅｂ投稿時から応援していただいた読者様、皆さまのお陰で書籍化することが出来ました。ありがとうございます。

最後に改めてこの作品を手に取り、読んでいただいた皆様にお礼を申し上げます。

エパンテリアス

本書は、２０１９年にカクヨムで実施された「第４回カクヨムWeb小説コンテスト」で特別賞を受賞した「隣の女に優しくなんかしない！……はずだった。」を改題・加筆修正したものです。

隣《となり》の女《おんな》のおかげでいつの間《ま》にか大学生活《だいがくせいかつ》が楽《たの》しくなっていた

著　エパンテリアス

角川スニーカー文庫　22067

2020年3月1日　初版発行

発行者　三坂泰二

発　行　株式会社KADOKAWA
〒102-8177 東京都千代田区富士見2-13-3
電話　0570-002-301（ナビダイヤル）

印刷所　株式会社暁印刷
製本所　株式会社ビルディング・ブックセンター

Printed in Japan　ISBN 978-4-04-109166-1　C0193

★ご意見、ご感想をお送りください★
〒102-8177 東京都千代田区富士見 2-13-3
株式会社KADOKAWA　角川スニーカー文庫編集部気付
「エパンテリアス」先生
「パルプピロシ」先生

角川文庫発刊に際して

角川源義

第二次世界大戦の敗北は、軍事力の敗北であった以上に、私たちの若い文化力の敗退であった。私たちの文化が戦争に対して如何に無力であり、単なるあだ花に過ぎなかったかを、私たちは身を以て体験し痛感した。西洋近代文化の摂取にとって、明治以後八十年の歳月は決して短かすぎたとは言えない。にもかかわらず、近代文化の伝統を確立し、自由な批判と柔軟な良識に富む文化層として自らを形成することに私たちは失敗して来た。そしてこれは、各層への文化の普及滲透を任務とする出版人の責任でもあった。

一九四五年以来、私たちは再び振出しに戻り、第一歩から踏み出すことを余儀なくされた。これは大きな不幸ではあるが、反面、これまでの混沌・未熟・歪曲の中にあった我が国の文化に秩序と確たる基礎を齎らすためには絶好の機会でもある。角川書店は、このような祖国の文化的危機にあたり、微力をも顧みず再建の礎石たるべき抱負と決意とをもって出発したが、ここに創立以来の念願を果すべく角川文庫を発刊する。これまで刊行されたあらゆる全集叢書文庫類の長所と短所とを検討し、古今東西の不朽の典籍を、良心的編集のもとに、廉価に、そして書架にふさわしい美本として、多くのひとびとに提供しようとする。しかし私たちは徒らに百科全書的な知識のジレッタントを作ることを目的とせず、あくまで祖国の文化に秩序と再建への道を示し、この文庫を角川書店の栄ある事業として、今後永久に継続発展せしめ、学芸と教養との殿堂として大成せんことを期したい。多くの読書子の愛情ある忠言と支持とによって、この希望と抱負とを完遂せしめられんことを願う。

一九四九年五月三日

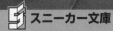

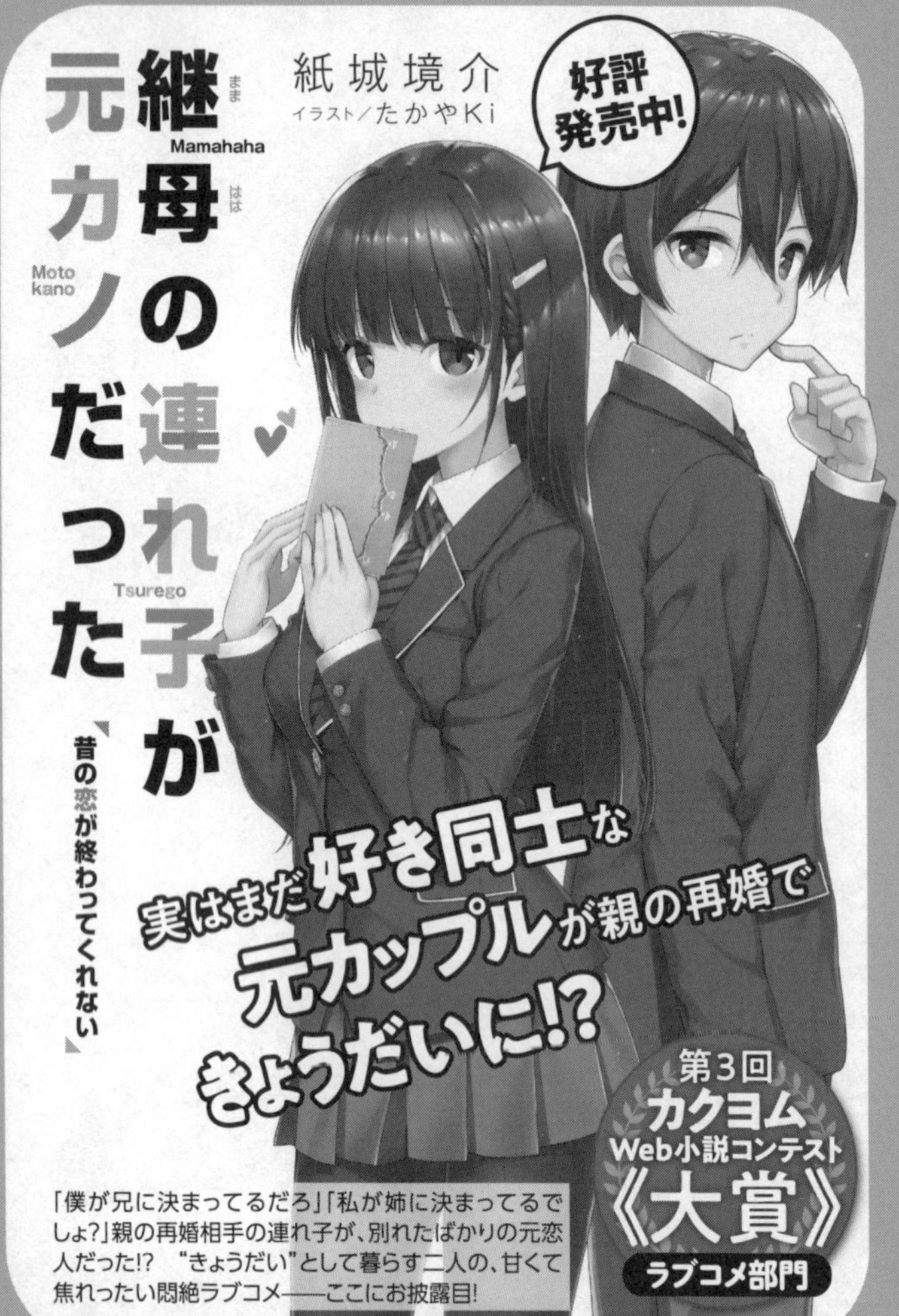

継《まま》母《はは》の連れ子が元カノだった
Mamahaha
Motokano
Tsurego
〜昔の恋が終わってくれない〜
紙城境介
イラスト／たかやKi
好評発売中！
実はまだ好き同士な元カップルが親の再婚できょうだいに!?
第3回カクヨムWeb小説コンテスト《大賞》ラブコメ部門
「僕が兄に決まってるだろ」「私が姉に決まってるでしょ?」親の再婚相手の連れ子が、別れたばかりの元恋人だった!? “きょうだい”として暮らす二人の、甘くて焦れったい悶絶ラブコメ——ここにお披露目!
スニーカー文庫